日記の練習

くどうれいん

NHK出版

日記の練習

くどうれいん

目次

装画　近藤聡乃
装幀・組版　佐々木暁
校正　東京出版サービスセンター

日記の練習

「日記の練習」をはじめます

　十代後半、すべての歌がわたしのことを歌っているように感じた時期があった。風が吹いても魚が跳ねても自転車からへんな音がしても同級生が捻挫しても、それがわたしの人生のとびきりの出来事だと本気で思った。毎日書き留めておきたいことがありすぎて、それなのに、書き留めている間のわたしのことは書き留めることができない。その途方もなさにマウスを放り投げたくなるようなきもちがした。わたしはそういう日、とにかく日記を書いた。日記を書いて、書いて書いて書いて、まだ、書いている。十代の頃よりも「書かなければ」と心臓がばくばく鳴ってどうしようもないような日は随分減ったけれど、それでも「書き残しておきたい」と思うことは、一日のうちにいくつもある。

日記を書き続けるようになると、大事でないことから書き残されることが増えておもしろい。どこかへ行ったとか、何を食べたとか、他人から「きのうはどんな日だった?」と尋ねられて答えるようなことをわたしはあまり日記に書かない。覚えていられることは書かなくていい、だって覚えているのだから! それよりも、いつもより鳶《とび》が低く飛んでいたとか、ささくれが薬指の両側に出来てクワガタみたいでかっこいいとか、そういうくだらないことばかり書いている。日記を書きはじめると、生活の中で(あ、これは日記だ)と思う瞬間が来るようになる。読者の方に「くどうさんはおもしろいことがたくさんあってたくさん書けていいですね」と言われて、あれは悲しかった。たくさん書いていると、たくさんおもしろいことが見つかるだけなのに。おもしろいから書くのではない、書いているからどんどんどんおもしろいことが増えるのだ。

「十代からずっと日記を書いています」と言うと「すごいですね、わたしはぜんぜん続かなくて」と言われてしまう。そのたびに(この人は日記を「続けるもの」と思っているのだな)と思って、(続く日記なんてなにもおもしろくないのに)と思う。

わたしは日記を書いていると得意げに言うわりに、毎日欠かさずに書こうと思ったことは一度もない。一文字も書かない日が数週間続くこともあれば、思い立ったように連日四千字くらい書くこともある。ブログサイトを構えて書くこともあれば、ワードを開いて書いたり、ツイッターの下書きにとにかく長文で下書き保存しておいたりしている。だから消えたりなくしたりもする。わたしの十年以上の日記はもう一本化して読み直すことはできない。

そう考えると、わたしは「十代からずっと日記を書いています」ではなくて「十代から日記をつけたりやめたりを繰り返しているが、日記を書きたいと思うきもちは持ち続けています」と言うべきなのかもしれない。最初こそ書けない日が続くと「さぼってしまった」と思ったものだが、次第に「わたしのような人間の日記が毎日律儀に同じように続くわけがないだろう」と思うようになって楽になった。

わたしにとって日記は「日々の記録」ではない。「日々を記録しようと思った自分の記録」だ。できる日とできない日があり、その緩急がわたしらしいと思う。

毎日欠かさず決まったノートに日記を書いている人の日記と自分の「日記」を同じものだと思えない。そんなに継続して毎日同じことができる人に、日記って本当に必要なのだろうか、とすら思う。日記を毎日書ける人はきっとたんすの中の靴下もきれいに整頓されているんだと思う。わたしはそうではない。たんすの中では靴下がとりあえず靴下であるというだけで押し込められていて、履こうと思うたびに神経衰弱のようにもう片方を探す。でも、それでいいじゃないか。わたしは、むらがある日記ほどいい日記だと思っている。うまくいきすぎてあっという間だったりうまくいかなすぎてあっという間だったりして押し流される日々の中で、杭を打つようにせめて書くから日記は味わい深い。

だから、「日記に挫折する」というのがわたしにはよくわからない。ノートがなくても、ブログがなくても、日記は死ぬまで勝手に続くものだと思っているからだ。書けなくても書かなくても、あなたの人生の空白のページは一日分めくられる。「日記をはじめようとして挫折した」と言う人ほど、立派な日記帳を用意して続かない日記帳が余白ばかりであることを後悔しているように見える。日記を書くことは継続力の修行ではない。日記を書こうとするあなたのことを、そのずっと先のあなた自身が一文でも見返すことができればそれでいい。余白が多い日記帳のまま死んでも、そういう人間でした、へへへ。と愉快に思えばいいだけの話なのだ。

もしかしたら、日記に挫折すれば日記を書く人生から抜けられるとでも思っているのかもしれないが違う。生きている限り、日記に挫折した人生は続いている。あなたの日記は挫折したまま、もしくは一度も書かれないまま続く。もし余白が本当にいやなら自分で書くしかない。あなたの日記はすでに開かれている。

「日記を書きたいと思うきもちを持ち続けている」それだけでもう、ほとんどあなたの日記は上出来だ。きょうも書きたかったけれど書けませんでした、という一文が透明な文字であなたの肋骨の裏に浮かぶようになれば、それはもう日記なのだ。だから、ふてぶてしく「書きたい」というきもちをわたしといっしょに持っていてほしい。そして、できればむらのある日記をわたしといっしょに書いてほしい。

書くと生活はおもしろくなるということをひとりでも多くの人にわかってほしい。そういう話をたまたま担当さんとしていて、それでこんな連載をはじめることになった。わたしと同じように日記と向き合えば、日記に挫折することはきっともうない。(その代わり、残念ながらたぶん継続力もたいして身につかない。)

日記に対する新しい指南書になれば、と担当さんに言われたけれど、正直そうするつもりはあまりない。わたしのこれは日記。あなたのそれも日記。日記と言い張ることができればどんなものでも日記なのだから、だれかに教わる必要はない。けれどももしかすると「これが自分の日記だ」と言い張ることがいちばんむずかしいのかもしれない。だから、「日記の練習」をはじめることにした。

わたしの日記を公開することで、なんだこれでいいのか、こんなんでいいならわたしだって書ける、わたしのこれだって立派な日記だ！　と思ってもらって、そうしていろんな人の日記が読めるようになったらいいなと思う。

日記の断片がたまに姿を変えて作品の一部になることもある。わたしは仕事としてしゃんとしたエッセイを書くときに、日記をがしゃんがしゃんとくっつけて書くような作りかたをすることがあるので、せっかくなので月に一度はひと月の日記を振り返ったすこし長めの「日記の本番」も書いてみようと思う。

あなたの日記はもうはじまっている。「これが自分の日記だ」と胸を張って言うことができるように。わたしといっしょに、「日記の練習」をはじめましょう。

日記の練習　4月

4月1日

はあ、憂鬱だねと朝の7時半に同居人のミドリはため息をついた。だれにも嘘ついてほしくないんだよ、と言われてはじめて今日がエイプリルフールだとわかる。嘘がきらいなのかと思って黙って聞いていたら「おもしろい嘘だったらいつでもついていいに決まってるじゃない」とのことで愉快だった。ミドリはぷりぷり怒りながらコーヒーを淹れてくれて、おいしいコーヒーだった。うそねえ、うそ……どこからがうそになるのだろうか果たしてと考えながら整骨へ行った。

今週からはじまった材木町のよ市で牡蠣。後ろに並ぶお兄さんが「ホーンテッドマンションくらい並んでんじゃん」と言ったあと「しかも雨天のホーンテッドマンションだよこんなの」と言うのでビール飲みながら笑った。ディズニーのことはぜんぜんわからないのでホーンテッドマンションのこともまったく知らないけどおもしろかった。蒸し牡蠣は1時間待った結晶みたいにおいしかった。1個100円。

4月2日

Instagramで大学時代の友人が「ミーアキャットはじめて生で見た　春巻きみたいだった」と散歩？　しているミーアキャットの写真と共にストーリーズを更新しており、春巻きかぁ〜?!　春巻き……かぁ〜……と自分を説得させようとする謎の時間が発生。

4月3日

桜のラベルのお酒を買おうとして手に取って、でもこういうのはなんか向こうの思う壺かもしれないとおもってやめた。

大好きな編集さんと電話。「でも、落ち着いたらとか言ってたらいつになるかわからないし、忙しすぎても書けるものじゃなきゃ名作になんかならんだろと思うし」と言ったら「かっっっっこよ！」と言われていい気になった。

4月4日

墓地のど真ん中にある桜の大木が満開になっているのを見て、これじゃあ死んだ人たちも酒飲んじゃうだろうなと思った。いろんなかたちや広さの墓地がぜんぶビニールシート敷いているみたいに見えて愉快だ。

昨晩しなしなになって帰ってきたミドリが、今朝もしなしなとしたまま出社したのでとても気にかけていて、お風呂を溜めて、タッカンマリを作って帰宅を待った。一緒に住むとたしかに遠距離恋愛をしていたころに比べてときめきや興奮は減ってくるものなのかもしれないが、励ましたいときに家事でその気持ちを示すことができるのはとても助かるなあと思う。心配していたよりもずっとげんきそうに帰ってきて、わあいいにおい！　と笑うので心底安心した。

あの人とこの人は名前がほとんど同じで漢字一文字しか違わないのだ、というわたしの話の流れでミドリが「四文字のうち二文字変えたら工藤玲音は何になると思う？」と言う。「……工藤静香？」と照れると「工事騒音」と言われて、腹立たしいが妙につぼに入ってしまい、しばらくさくらももこの描くような顔で笑っていた。工藤玲音は工事騒音と半分一緒。

4月5日

取材のため秋田へ。15分前に新幹線ホームに着いて待った。時間の余裕を持って行動している自分に酔いしれていたが、これは東京行きのホームであり秋田行きではないとわかり、ひゅ！　と息を吸って慌てて移動した。秋田へ向かうこまちのなかにはあきたこまちらしき稲穂の絵などがそこかしこにあり、大曲に着くと大曲《おおまがり》は花火が有名だから花火の絵などがそこかしこにあり、そうやって自分らしいモチーフをどこにでも惜しげなく使うようなことがわたしはかわいくていいなと思うから、ここしばらくは傘の柄や雨の柄のハンカチを集めている。

4月6日

「そうこなくっちゃ！」と送信。

4月7日

ロケのためお団子に結ってもらい、一日中愉快だった。

ミドリは夕食後に紅茶を淹れてくれた。ガムみたいな味がしておいしい。これは本当においしいと思っているのだけど、本当にガムみたいな味がする。ミドリはさて、と読書をはじめて、わたしはえらいなあと思いながらゆきだるまを崩すゲームをした。一泊二日の雑誌取材の翌日にテレビのロケ。とてもつかれている。お団子を解くと自分の頭からUピンがどんどん出てくる。それを黒ひげ危機一発みたいだなあといつも思う。

4月8日

わたしと同じくらいの身長のご婦人に着付けをしてもらいながら「背が低くって（おはしょり大変ですみません）」と言ったら「背が低いぶんみんなより落としたものすぐ拾えるじゃない」と言われて、あの時ほんとうにしばらくぼうっとしてしまって、これからずっと思い出すんだろうなっていうかんじがした。

疲れがひどかったが、外でビールを飲んだらご機嫌になった。

4月9日

「デリケートジャスミンだよ」と起こされ、なんのことかと思ったら入浴剤の名前で、お風呂入れたからあなたも床で寝ていないで入りなさいという意味だった。「ワイルドチューリップ」と答えてまた寝た。

4月10日

整骨。眠たくなかったのだが「眠そうですね」と言われたので眠いことにした。

夜桜を観た。「シネマティックモードで！　シネマティックモードで撮らせて！」と彼女らしき女の子に懇願してスマートフォンを向ける男の子がいて、そりゃ恋した女の子のことをシネマティックモードで撮りたくもなりますわな。と思う。女の子は「まあ、いいけど……」みたいな感じでそのスマートフォンに向かって気だるげな目線をし始めて、自ずからシネマすな。とがっかり思う。

＊

「桜 super love って知ってますか、きょうそんなかんじがする」「桜 super love って名前がもうずるいですよね」「そうそう」「田舎もんのおれらは桜 super love を大学生になってようやく知るじゃないですか、東京育ちだったら違うのかなあ」

前にも後ろにも進めないのがなんとなく青春っぽく、永遠にこの夜が伸びていけばいいのにと思うような夜だった。桜は毎年最終回みたいな顔で大袈裟に散るくせに、どうせまた来年になればぼるんぼるんと枝に膨らむように花をたくさん咲かせるんだろ。

4月11日

突然花束を貰った。へんなトルコキキョウが入っているのがうれしくて、わあ、へんなトルコキキョウ入ってるじゃんと言ったらプロポーズとのことだった。プロポーズは二度目である。へー！　よろこんで！　と答えて、夕飯に茹でた豚バラとキャベツをもりもり食べた。

4月12日

4月13日

4月14日

啄木忌のため渋民へ。本物の法要で、本当に石川啄木が死んだのだとわかる。いろんなことを考えながらいろんなことを思って頭が重くなって、いろんなことを考えてしまうね、と母に言うと「でも玲はそんなこと気にしなくっていいよ、なんとかなるもんだよ」と言われて、それもそうかもなと思って帰宅。案の定ローカルニュースの啄木忌の報道にはわたしがお焼香をするところが流れていたらしく、メディアめ。というきもちに。

4月15日

たけのこが260円で売られていて（めちゃくちゃ安い！）と感動していたら、後ろから来たお姉さん二人組のうちの一人が筍の前で急ブレーキするように立ち止まって「ええっ！　たけのこが！　安い！」と大きな声で言ったので、たまらなくかわいらしいと思った。たけのこが安いことがわかる人は、たけのこが高いのを知っている人だ。それも、歩いていたのに思わず立ち止まって、ええっ！　とでかい声を上げる。最高だ。

＊

仙台のアーケード内でアンケートイベントをしていて、「寒い日はカレーを貰おう！」と書いてあった。寒い日はカレーを食べよう！　ならわかる。貰おう！　という元気な図々しさにしばらくうけていた。

4月16日

この世の終わりのように泣いている赤ちゃん、一周回って爆笑しているように聞こえることがある。

4月17日

「そんなことないのに」と思っていても「そうでしたか」と言うのが正解な日もある。告白と懺悔《ざんげ》の1日。寝る前になって変に目が冴えて、しかしいま書いても使い物にはならんだろうと諦めて寝た。

4月18日

朝にシャワーを浴びながら、いっちょ今日はからだからいい匂いをさせてみるかと思い、ボディスクラブをおしりや腕に揉み込んでいたら右手の中指の付け根にピーン！と細く鋭い痛みが。もう治ったと思っていた切り傷が治っていなかったらしい。思った以上にしみるのでボディスクラブのラベルを見ると「ミネラル豊富な死海の塩」と書かれている。傷口に死海の塩。

4月19日

（そろそろだなあ）と呑気に思っていた予定が明後日に迫っていることに気づき、びっくりして「ブワ～」と声が出た。「ブワ～」と言っている場合ではないが、焦って緊張するともう「ブワ～」と言うくらいしかできることがない。

＊

ベランダの床に白い楕円のなにかが4つあるのを発見し、なんらかの虫の繭《まゆ》なのではないか、それもこびりつく系の……と怯えたが、近づいて見てみると桜の花びらだった。花びらだけでは桜だとすぐにわからないものなのか。近くに桜の木はあるけれどベランダの反対側で、強風で飛んできたのだとしたら随分長旅だ。おつかれさん、と思い、特に拾ったり掃いたりせずにそのままにしておいた。

4月20日

前の職場に遊びに行くと、新入社員に女性がいて本当にうれしかった。女ひとりだったわたしの次にまた女性が採用されるというのは、ほんの少しだけでも、前に自分がいたことへの評価であるような気がした。前の取引先のお兄さんとばったり会ってお昼にお蕎麦を食べる。ネクタイに蜉蝣がくっついていたので「かげろう」と言って摘まんで人差し指にのせた。黒い蜉蝣はあんまりかわいくない。

4月21日

鎌倉。夢のような一日。眠れない。

4月22日

5時に起きてラジオ体操に連れて行ってもらった。鎌倉マダムたちは体操の数分前までこの花が珍しいとかあそこの桜がまだ咲いているとかわいわい話していて、俳句をはじめたばかりのころ、よく吟行でこういう光景があったから懐かしくなった。わたしが「ウラシマソウ」だと思っていた植物を「ムサシアブミ」と皆さんが言うので「これは東北ではウラシマソウと呼んだりします」と言うと「ウラシマソウとムサシアブミはよく似ているけど別の花、ウラシマソウはこっちでも咲くよ」と教えてもらった。ヒデ子さんは大きな犬に「こんにちは」と話しかけて逃げられ、すぐに別の大きな犬にターゲットを変えて近寄っていてかわいらしい。ミドリが鎌倉まで迎えに来てくれて麻婆豆腐を食べた。すごい麻婆豆腐だった。レトルトを買う。

4月23日

鎌倉の大仏の近くにはこれぞJAPANという土産屋があり、手裏剣とまきびしが売っていた。「まきびしいいな、売ってるとこあんまりないよね」と言うと「だってあぶないもん」とミドリは笑った。土産屋を通り過ぎたわたしたちとすれ違った親子の子どもから「うおーっ」という雄たけびが聞こえてふたりで笑った。手裏剣にうおーっと叫んだのだとわたしは信じている。
盛岡に着くと寒くて冬だった。

4月24日

竜宮城から帰ってきたような心地。ずっと寝ていた。夜にブラタモリを見ると本当に下北沢の書店で『わたしを空腹にしないほうがいい』をバックにタモリさんが喋っていたので「タモリさ〜ん」と声が出た。

4月25日

お昼を食べる約束をしていたキコがとてもよいチャイナ的なアウターを着て現れた。ちょうどわたしがずっと探し求めていたような服、あまりにもいいかんじの上着だったので「ひさしぶり」とか「やっほー」とか言うよりも先に「それいいなどこの欲しい!」と言った。きょうたまたま気が向いて着ただけで随分前に買ったままほとんど着ておらず、メルカリに売りに出すと言うのでその場でお金を払って買った。カレーを食べ、チーズケーキを食べ、自転車で帰ると暑いからもうそのまま着て帰っていいよ、とキコは上着をその場でくれて薄着で帰った。「着ている服を『それちょうだい』ってお金払って自分のものにするなんて、なんだかとても富豪のするようなことをしてしまった」と言うと「わたしはこの服を着たかったんじゃなくて見たかったのかもしれない、あなたが着てくれればわたしはそれをたくさん見れるってことで、こんな最高なことってないですわ」と、似合う似合うと褒めまくってくれた。アイヤー！ というかんじがしてうれしい。たくさん着よう。

4月26日

ベランダに出ると息が白かった。大雨の中、向かいの屋根の上でずっと首を傾げ続けている鶺鴒《セキレイ》がいて、しばらく目が合った。

4月27日

すれ違ったおじさんのくしゃみが完全に「action!!」だったので（監督……）とこころの中で呼んだ。

信号待ちをしていたら「ママは何色が好き？ 水色かあ、わたしはねえ、金！」という女の子がいた。頼もしい。

4月28日

4月29日

ひとりでバーへ。カウンターの常連さんたちと仲良くなり、バーはこうでなくちゃという会話に溢れて大変たのしかった。話しながら「れいんちゃんそれはちょろすぎるよ」とひとりに言われると、そうだそうだおまえはちょろいぞという話で盛り上がってしまい、こちら、ちょろい人へのサービスナッツです、とナッツまでもらう始末。

そうちゃんから借りた傘、盗まれちゃった。と言ったらそうちゃんがまた傘を貸してくれた。1時半。

4月30日

動物園へ。ネズミの展示コーナーで、前にいた女性が走り回るネズミを見ながら「トムとジェリーみたい」と言い、彼氏らしき男性が「ジェリーとジェリーだろ」と言っていた。

日記の本番　４月

新連載が３本始まり、日々はどばどば過ぎる。作家の仕事には（と大きな主語で言っていいのかわからない、わたしはエッセイや絵本を書いたりロケや取材の仕事もしたりするので、小説のみを書く作家の皆さんとはもしかしたらずいぶん違う生活をしているのかもしれない）ここが山場！　ということはあまりなく、おわ〜！　と言っていたらまたさらにもっと高い山頂がくる。お山がひとつあって、うんしょと登ってよいせと下りるのではなく、てっぺんのわからない山脈が右にも左にも前にもずっと続いているようなそんな感覚である。そのため３か月後よりも来週末のほうが空いている（予定が入らないことが確定している）という状況もままあり、そのような隙間にヤーと新幹線のチケットを差し込んで突然鎌倉へ行った。鎌倉は夏のように暑く、上半身裸のひげサングラスお兄さんが大きなハンバーガーを食べていて、都会の海の街！　と思った。わたしはそういう、よっ！　いかにも！　という光景に遭遇すると興奮する癖がある。秋田の大曲でも、そこかしこに花火のモチーフがあってあれはよかった。〇〇と言えば！の「と言えば！」で表すことのできるわかりやすさに憧れているのかもしれない。わたしはたいへんミーハーな母に育てられた。母は昔から有名人を見るとすぐ目をハートにする一方でたくさんテレビに出ている有名人には「この人出すぎじゃない？」と文句を言う面倒くささも持ち合わせており、わたしは有名になりたいというきもちと、有名な人みんなきらいというきもちどちらにも水をやってすくすく育てた。その結果常に（こんなんじゃだめだ、わたしは偉人になって死ぬのに）という無知な野心と（わたしは本当に愚かで調子に乗っていていつかすべて失う）という懺悔が同居しており、その懺悔のほうをSNSに書かないようにして2年半ほど経つ。へこんでいる他人はめんどうだから。それだけの理由である。

そのままでもあららららと言っていたら終わりそうな4月になぜ鎌倉へ行ったかと言うと、3月に絵本作家の大御所である長野ヒデ子さんと文通をはじめる事態となり、その手紙の中でヒデ子さんが「鎌倉に来るなら4月のうちがいい、5月にはもう暑いから」と言うので、そんならもう行くしかなかろうと行ったのだ。ただでさえ大好きだった絵本「せとうちたいこさんシリーズ」の作者がわたし宛に手紙を書いてくれて、そこにビールを持った「たいこさん」とわたしが乾杯している絵が書いてあって夢のようなのに、ご本人に会いに行っていいだなんて。アトリエを見せていただけるなんて。我に返って緊張する前に行ってしまえ！　と思い切って鎌倉行きを決めたが、鎌倉へ着くとすっかり我に返ってド緊張してしまい、着いて30分足らずで白磁のうつわを衝動買いした。わたしは極限まで緊張すると白磁器を買うんだなと思った。会う直前まで（夢？）と思いすぎて（罠？）とすら思っていた。ヒデ子さんはインタビュー記事で拝見した通り、とてもお洒落でお転婆でキュートな人で、生きる伝説のようだった。アトリエも、ヒデ子さんが教えてくれるお話もぜんぶ、ひとつひとつ記録して額装したいようなものすごいものばかり。23時すぎまでバーでふたりで過ごしながら、わたしは50年後ヒデ子さんのようにこの時間までバーにいることができるだろうか、と自分の健康に対して漠然とした不安に駆られた。ヒデ子さんはわたしが田んぼだらけの田舎育ちだと知ると「わたしとおんなじ！」と喜んでくれて「じゃあやっぱり虫とかたべた？」ときらきらした瞳で言った。こんなにも昔の自分が虫を食べていれば良かったと思ったことはない。ヒデ子さんとの時間のことをいつかどこかでちゃんと書くことが出来ればいいなと思っている。

鎌倉から帰ってくると、竜宮城から帰ってきたようなきもちでぽかんとしていた。玉手箱を開けずとも人はたのしすぎるとそのあと老ける。月の初めに行った秋田の取材旅行もとてもたのしいものだったので、今月はぽかんとしている時間がとても長い。

会社を辞めてちょうど1年経った。きゃっほいと声が出るようなうれしいこともあれば、いやいやする作業もあり、とても捗《はかど》る日もあれば、呆れるほどなにも進まない日もある。会社員となにも変わっていないなと思う日と、でもやはり孤独だなと弱々しいきもちになる日とあるが、4月は前者のほうが多かった。

くどうれいんと言えば！　という作品をいつか遺したいものだ。自分の名前なんかよりも作品名だけが遠くに遠くにいくような、そういう作品を。「くどうさんもご多忙でしょうから落ち着いたあたりで」と締め切りを随分先に設定しようとしてくれた担当さんに「いーやわたしは一生落ち着かないよ、いちばん忙しくないのがいまかもしれないんだからいま頼んだほうがいいです」と脅して豪快に笑った。

日記の練習　5月

5月1日
棒に振った一日。もらったあんこペーストをぺろぺろなめていたら日が暮れた。

5月2日
動物園。寝ていると思っていたシロフクロウが思い立ったように「ホウー！」と鳴き出してびっくりした。野太い声だった。ホーホーではなくて、ホウー！　ホウー！　と言い、鳴くたびに顎を前に出している。脚がむくむくしている鳥は全部かわいい。イヌワシの太い脚見てからフラミンゴの脚見たら細すぎて造花かと思った。

5月3日

青森。いい展示を観たせいか、こんちくしょーわたしだって！　といううきもちになり、かと言ってそれが原稿を書くエネルギーになることはなく、白桃ソフトがおいしかったことばかり思い出して唸っていたら深夜。

5月4日
秋田。おっぱいに夕陽を見せた。わたしはもっとわたしのおっぱいにいろんな景色を見せてあげたい。

5月5日
山形。天ぷらがうやうやしく出てきてうれしかった。

5月6日
花束を頼むために好きな花屋に行った。かすみ草とガーベラがきらいなので入れないでほしいと言うと「あ〜はいはい、新鮮なかすみ草ってくっさいしね！」とげんきに言われ、それは知らなかった。わたしはただ、みんなが好きな花が嫌いだからかすみ草も嫌いなのです、とは、わざわざ言わなかった。はじめてミドリに貰った花束に入っていた、名前を知らないかわいい花が店頭にあったので名前を聞くと「アキレス」とのこと。「わあ、思った以上に強そうですね」と言うと、あれ？　と奥に入ってから「ごめんごめん、アキレアだったわ！」と言われた。アキレアはぽんっと白くてかわいい。

5月7日

ストローの飲み物の最後を「ずごごご」と言わせながら飲むから。という理由で疎遠になったひとがふたりいる。そのときわたしは十代だった。いまは「ずごごご」と言わせながら飲むひとのことをなんとも思わずにやりすごせるように訓練している。なぜならわたしは二十代だから。「いい大人」だから。あの「ずごごご」という音を聞くとわたしは反射的に（ありえない！）と白目になり、そのあと雪崩のような、膝の力が抜けるような、（な～んでそんな……）といううきもちに襲われる。

5月8日

思い切った総額になると覚悟して思い切って購入すると、表示されたお会計がそんなわけないくらい安かった。（打ち間違えていませんか？）という顔をすると（いいえ、この金額ったらこの金額です）という顔をしてくる。さては大幅に値引いてくれようとしているな、とわかり「いやっ、それはおかしい、だめですよ」と言うと「だってもう打っちゃったもん」とくちびるを突き出された。かっこいい値引きはこういうやり方もあるのだな、と痺れた。

5月8日深夜

信じらんない！　と他人のことを思うとき、自分が信じらんない！　と言われてしまう可能性のことはひとつも考えていない。

手を動かしたくないので口ばかり動かしてごねて最悪な夜だった。仕事が捗っていない自分のことがわたしはとてもきらい。

5月9日

ピチカートファイヴの曲はみっつくらいしか知らないけれど「ふたり　まるで恋人みたいなふたり　そして　とてもつかれてるふたり」という歌詞が手馴染みのある年齢になってきたと思う。30歳付近を浮遊するわたしたちは暮らしているだけでとてもつかれていて、そしてそれはとてもセクシーである。「恋人みたいなふたり」というのは本当にこの世に溢れているし、この頃はそちらのほうが尊いものであるように思うことがある。わたしは決して所謂《いわゆる》大人の恋、とか、叶わぬ恋のうつくしさ、とかを言いたいわけじゃない。このごろ、それが恋か恋じゃないかで考えることがとても退屈に思えるようになってきた、というか……恋ではないところで起こる、そのふたりでいるときしか起きない空気、仲の良さや落ち着きのようなものが好きになってきたのかもしれない。同僚同士とか、友人同士とか、兄弟とか、朝のニュースのふたり並んだアナウンサーとか、ふたつ並んだダイドーの自販機とか、自転車置き場のふたつのチャリとか、七味と胡椒の瓶とか、そういう、わかる？　わたしはわかんなくなってきた。タッグ？　タッグみたいなものに興味があるのかもしれない。

ふたりだからといって必ずしも恋人同士であるとは限らない。そして、恋人になることが最もすばらしいことだとも限らない。恋人になることと恋人であり続けることに躍起になっていたときの自分のことを考えている。

5月10日

キコが「ほらあの、サンリオの、水色の、魚太朗《うおたろう》」と言うのが妙にツボに入ってしまい、口の中のビールをふきださないように両手で口を押さえて必死に耐えた。ハンギョドンな。おもしろすぎて笑ってしまいその時口の中に入っていた飲み物を飲み込めなくなる、という状況になったことが久しぶりすぎて、飲み込んで「ぷは、しぬ」と思うときの喉の苦しさが妙にうれしかった。安藤さんはわたしたちにカクテルを作ってくれた。簡単なやつですけど、と言っていたのに、大きなリキュール瓶を何本も抱えて来たので笑ってしまった。とても綺麗なエメラルドグリーンのカクテルをグラスにかっこよく入れながら「アラウンド・ザ・ワールドです」と小さな声で言うので、そこで照れんなよ。と思った。

5月11日

貰った芍薬《シャクヤク》があっという間に散りはじめました、と白い芍薬が花瓶の周りに花びらを溢《こぼ》している写真を送ると「ドラマチックですね」と言われた。この場合、写真を送ったわたしと、芍薬をくれたその人と、どちらのほうがドラマチックなのか。

5月12日

5月13日

5月14日

優しくしてもらうためにバーへ行き、優しくしてもらった。わたしは絶対に、絶対に絶対にきょうのことを忘れない。

5月15日

ミドリが「俳句大会がんばったから」と買ってきてくれた3本の芍薬。白い芍薬を貰ったときに「芍薬大好き、芍薬の旬って短いんだよ、今年はあと何回見れるだろ」とほぼカツアゲのようなことを言ってしまった後なので、言ったから買ってくれたんだろうなと思ってしまう。言われて買う花と言われてするセックスほどときめかないものはないと昔から思っているが花はセックスではない。それに、わたしから花を買うように言われた上で、花を買わなければ余計に機嫌を悪くされ、買ったら買ったで言ったから買ったんでしょと思われるミドリのことは非常に不憫《ふびん》である。去年の秋に一度「花が欲しい」と拗《す》ねたことがあり、それ以降にもらう花はすべて「言ったからくれる花」に見えてしまう。どうすればミドリから貰う花束を純粋にときめいて受け取ることができるのだろう。今度はうすピンク色の芍薬である。水を吸って開くので毎日茎を切ること、とのことだったが、切らなくても十分咲きそうな、ぽってりとした蕾《つぼみ》である。

そういえばきのう「日本酒の一合の十分の一を『いっせき』と数えるんだよ、芍薬のシャクって書いて」と教えてもらってとても感動したのだが、さっき調べたら『いっせき』は『いっしゃく』と呼ばれることのほうが多いうえ『一勺』または『一杓』だったので、ちげーじゃん。と思った。前にその人に「シナモンって漢字で肉芽って書くんですよ」と言われて、えっちすぎる！　と大喜びで帰って調べたら「肉桂」だったことを思い出した。バーで酔っぱらってにこにこしている人の雑学はあてにしないほうがいい。

＊

（もっとこう……と思うことはたくさんあるが努力する体力がない）（本当に努力したければ体力とか関係ないのでは？）（そうですよね、口だけえらそうにすみませんでした）（わかればいいんだよ）

→最近自分に対して毎日思うこと

5月16日

佐藤様が砂糖様と変換されて（またまた〜）と思った。

5月17日

きのう「あなたと話しているとこころが満たされることに気が付いた、それはあなたと話していると、上っ面ではなく、言葉が言葉としてちゃんと届いていることがわかるからだと思う。どれだけ親しいと思っていたとしても、そういう会話は多くない。言葉が言葉として相手に届いていると実感できることはとてもうれしいことで、わたしはあなたと話すのがうれしい」と言われてから、そのことばかり考えている。桐の花をはじめて見た。地味。と思ったが「上品ですね」と言った。

5月18日

大泣きして、寝た。

5月19日

起きても目と鼻の先がまだ赤かった。妙にすっぴんの調子が良かったので、目つきが悪いまま何枚か自撮りして、まあ、こんな顔だよなと思って消した。芍薬がなかなか咲かない。まいにち茎を切っていなかったからだろう。咲き終えた一輪を捨て、残りは二輪。そのうちひとつは蕾のまま朽ち始めている。

夜は「犬王」を見ながらふるさと納税のねぎとろを解凍して、ねぎとろ丼とねぎとろカルパッチョにして日本酒を飲みながら食べた。すっかりご機嫌になり、歯磨きしながら鏡を見て、昨日「なんでわたしは天才になれないのっ」と泣きわめいたのが本当にあほらしく、そんなのあたりまえだろ、あんた天才じゃないんだから……と失笑して寝た。

5月20日

「フードコートは整理番号で呼ばれるのがいい、あのなかではわたしの名前ではなくたくさんの番号の一部として呼ばれるのがきもちいい」と言われて深くうなずいた。遠野でイベントのあと打ち上げの会場まで歩きながら「あーたのしい」と言うと、「れいんちゃんはいつも、たのしかった、じゃなくてたのしい、って言うのがいいよね」と言われて、あ、これは日記に書きたいな、と思った。

5月21日

きのうの遠野のたのしさのことばかり思い返して、夕方ちょっと不機嫌になって、鎌倉で買った麻婆豆腐作ってご機嫌になって寝た。

5月22日

パソコンが壊れたので、わたしも壊れようと思います。

5月23日

頭をてのひらでぽんぽんぽんぽん、と叩きながら、しきりに首をかしげている小学生男子とすれ違った。なんだろうこの子、へんな動き。と思う。するとすれ違ったあとでその男の子は「せんせえ〜、帽子失くしましたあ」と大声で言ったのだ。そう言われると、帽子を失くした人間としては百点の動きだったと思う。

5月24日

シュレッダーが壊れた。正確に言うと先々週には既に壊れていた。ばらばらになった紙くずを取り出すための取っ手を引っ張ってもまったく開かないのだ。紙くずを捨てずに使い続けてしまったため、ぱんぱんのぎちぎちで開かないらしかった。うんともすんとも言わない。シュレッダーを壊すのははじめてではない。ミドリに言ったら呆れられるだろうと思いしばらく言えずにいたが、さすがに処分したい紙が溜まっていたので、夕飯を食べた後にしょぼしょぼしながら「シュレッダー壊しました」と言った。ミドリは「こういうのはこまめに、こまめに捨てなきゃなんだよ……」と言いながらやれやれと大きなビニール袋を拡げ、そこにシュレッダーをひっくり返したりたたいたりしながらすこしずつ紙くずを掻き出し、ついに直した。「みてよ、こんなちっちゃいところにこんなにたくさん入ってたんだよ、こんなにたくさんだよ、ねえ、ちょっと触ってみなよすごいから」と言われ袋を持ち上げてみると、確かに、引き出しの4倍はある大きさの紙くずが入っていた。「すごいね」と苦笑いする。「こんなちっちゃいところにぱんぱんに詰め込んでさあ」「わたしみたい」「え?」「働きまくっていた時のわたし、こんなかんじだったよね」。ミドリは(そういうことを言いたかったんじゃないけど)という顔をしつつも「次はこまめに捨てるんだよ」と言い、〝ここがこまめ〟を示すところにシールを貼ってくれた。〝こまめ〟とは七分目のあたりらしい。

5月25日

「おねがいしたいことがあるんだけど」と言うと「ミュージカル調で言って」と言われたので、くるりと回りながら「洗濯を〜回し、回し、回し、干し〜て〜」と言った。

5月26日

最後の芍薬を捨てた。結局咲かなかった。

5月27日

神様、わたし今、白金でフレンチを食べています。

5月28日

この人に気に入られたい！　と思うときにするとっておきの話をいくつか重ね、最後の切り札として「わたし、ゆるキャラの中に入ったことがあります」と言うと、その人もゆるキャラの中に入ったことがある人だったのでドローとなった。

「犬のお尻の穴を見ると何歳か大体わかります。あっちは5歳超えてる、こっちはもう少し若いです」と言われながら浅草をとてとて歩く犬たちをお尻の穴で選別していたら、わたしもなんとなく見分けられるようになってきて、そんな特技ほしくなかったが、これからは犬のお尻の穴で年齢を当てられるとだれかに自慢してしまいそうな気がする。

スカイツリー見ると毎回シャープペンシルのことちょっと思い出す。

5月29日

突然疲れが来た。東京に来てから連日ずっと会いたかった人とお酒を飲み続けており、そのどれもがはっちゃけすぎた、もっとうまくできた時間だった気がしてきて、頭を抱えて、コンビニでもずく酢を買ってホテルに帰り、食べずに寝た。

5月30日

ヨーコが「わたしに会えば元気にはなるが、物理的な体の疲れは寝ないと取れないよ」と言ってくれたが、ヨーコに会えば元気になるので会って、元気になった。

5月31日

ひとくち欲しいなあと思っていたらトッシーが「おたべ」とハーゲンダッツを差し出してくれて、がばっ！と前のめりになってカップを掴んだ。「くどう選手、いまのは速かったですね」と言われたので「もう一度スローで見てみましょう」と言って、ゆっくり前のめりになってカップを掴み直したら、トッシーはとても笑ってくれて、わたしは、こういう時間が多い人生でありたい。

日記の本番　5月

考えてみると、わたしの中でいちばん思い入れのある花が芍薬なのかもしれない。わたしがはじめて出した本の1ページ目のタイトルは「芍薬は号泣をするやうに散る」という俳句から始まっている。はじめて一人暮らしの家で生けて散った芍薬のことをいまでも強烈に覚えている。白い芍薬は、散るとき、ぼろぼろ泣くように花びらを落とす。泣いたあと、涙や鼻水を拭うためにわんさか使ったティッシュペーパーが散らかっているようにも見える。とにかくそのころ泣いてばかりだった自分と芍薬の散り際はとてもゆかりのあるものに思えたのだろう。だから芍薬の時期になるとどうしても手にとってしまう。一年に一度はあれが零れるところを見ないと、と思う。芍薬が散ることでわたしの散るべきものも落ちる、お祓いに近いような気持ちもあるかもしれない。芍薬は、意外と咲かずに蕾のまま枯れてしまう花だということを5月は思い返す日々だった。

しかし、だ。その、いちばんに感動した芍薬を自分で買ったんだったか、それとも貰ったんだったか、ちっとも思い出せない。わたしはその日はじめて芍薬を生けた。それは友人から貰った一輪挿しに生けたのだけれど、その一輪挿しの口径と芍薬の茎の太さが、もう、本当にどっちが勝つかというくらいぎりぎりで、ねじ込むようにして生けた。そのことは覚えている。それから、朝起きたらあっという間に零れるように散っていて、その豪快な散りざまを覚えていて、写真に撮ったのも覚えている。そこまで覚えていて、どうして手に入れたのかを覚えていない。わたしの記憶はいつもそのようなことばかりだから、エッセイなどに対して「記憶力がいいですね、よく覚えていますね」などと言われるとうろたえる。葉の、葉脈の折れ方を覚えているのに、その木がどんな大きさで何色の幹だったのか覚えていない、というようなときに、わたしのこれは本当に「記憶力」なのだろうか……。

たぶん、自分で買ったんだと思う。まだ、なかなか祝福の返ってこない時期のわたしだったはずだから。芍薬1本だけ貰うようなわたしでは、なかったはずだから。もうほんとうにどうしたらいいですかと思うくらい、いろいろな人からこうして気にかけてもらえるようになったのは、働き出してからずっと後のこと。わたしは中学校、高校、大学時代は、こう言っては何だが、祝った数よりも祝われる数の方がずっと少ない人生だった。友人の誕生日やなにかの賞のお祝い、家族のお祝い事。わたしはとにかくだれかを祝うのが大好きで、サプライズになりすぎない程度に、欲しいものを、言葉を、しかし驚いてもらえるくらい与えることに幸せを見出していた時期があった。ちょっとしたプレゼントや、その人にだけ特別にしようと思っている話を用意するのが好きだった。手紙を書くのがとにかく好きだった。要は、デート的なことがとにかく好きだったのだ。わたしと出会ったが最後、その人を完全にめろめろにしたかった。わたしが大胆にしたり、恥ずかしそうにしたりしているうちに、目の前にいる人がわたしのことをどんどん好きになってくれたらいい。そう念じるように過ごしていた。男女問わず、年齢問わず、そう思いながら暮らしていた19歳から24歳だったような気がする。それは、媚びている、とか、八方美人とか、そういうのとは違う色だと思う。わたしは本気で自分と違う人間全員に興味があって、本気で、できることならそっちの人生もやってみたくて、本気でわたし以外の全員に、なりたかった。

全員に、というのはあれかもしれない。ええと、ちょっとうそだ。わたしは19歳くらいから、とことん付き合いたい人間とばかり出会えるようになった。正直、明確にそういう瞬間があった。世の中にはいろんな大人がいて、いろんな大人がいるなあ、と思っているうちに、いろんな年下がいるなあと思うことも増えるようになる。全員に対していい人であろうとしすぎて、同じだけの時間をかけていては自分の暮らしを暮らしていけない、とあきらめた日があった。その代わりに、本当に長い付き合いをしたい人に対して、本当に長い付き合いがしたいのです、という態度に出すのが得意になった。それがわたしにとって花を買うことであり、決まって買う小さなチョコレートケーキの照りであり、酔ったその人の手の甲に書くために「またあいたい」と「すき」だけ覚えたモールス信号だった。

祝福を返してもらいにくい人間だった、と自分では思っているが、いま書きながら、わたしはその当時おそらく相当「祝い甲斐」のないやつだったよなあ、とも思う。好き嫌いが多そうで、斜めから物を見ていそうで、貰った花束を、ふーんと自転車かごに置いたまま帰ってしまいそうな、そんなやつだったかもしれない。「わーい」と声に出して言えるようになったのが19歳くらいで、「わーい」と言うようになってから、わたしは、花を貰えるようになったような気がする。「わーい」と言えたほうがいいよ、人生は。

日記の練習　6月

6月1日

6月2日

6月3日

6月4日

久しぶりに皮膚科の薬を顔に塗った。弱音を口にして得られる気持ちよさよりも、弱音を吐いて気持ちよさを得ようとした自分にうんざりするほうがからだに悪い、ことが、わかっているからツイートを下書きして消した。

6月5日

耳が塞がったような感じがして、こりゃもしやと思ったら案の定、突発性難聴再発である。耳鼻科へ急ぎ、簡易な防音室に籠っていろんなヘッドフォンでいろんな貝殻の音のようなものを聞いて「右耳が低音を聞き取りにくくなっていますね」という結論に。数年前にはじめて同じ症状になった時よりもひどくなっているらしく、眩暈《めまい》がないかしきりに聞かれたが眩暈はない。いつもよくしてくれる先生がきょうも担当してくれた。「たのしくてがんばりすぎちゃったんだね、いつまで忙しい?」「とりあえず7月末までは」「だろうねえ、書くのが忙しいの? 書いたあとが忙しいの?」「いまは書いた後の忙しさですね」「書けたんだね、おめでとうね」。眩暈がなければおおむね投薬ですっと治るだろうという判断で、前回もそうしてすぐによくなったので賛成〜と思う。帰宅してもう少し仕事をすすめようとするとフェーンと耳が痛くなり、からだが嫌がってらあ。わたしは大丈夫だと思ってるんだけど、からだがフェーンて言うのはかわいい。悩んだが、このさき半月くらいにやり取りのありそうな担当さんや仕事先のみなさんに、ちょっと耳の調子がよくないから、甘えさせてもらえる締め切りには存分に甘えます、という旨のメールを送る。それぞれの仕事先の皆さんが（自分の仕事によって負荷をかけたのでは）と心配するかもしれないことが耐えられず、申し訳なくてちょっと涙が出る。ださすぎる。みなさんが悪いのではなく、できる！　やる！　と前のめりに答えるわたしに数か月先の想像力がない、というか、数か月先の超げんきな自分がいると常に絶大に信じている。大丈夫だと思っているし大丈夫なんだけど、大丈夫じゃないらしい、ということが結構ショックで、めそめそ眠る。大丈夫なままで書いて働くために会社をやめたはずなのに。

6月6日

6月7日

玄関に置いていたわたしの日傘を起点に、とても綺麗な蜘蛛の巣が張っていた。ごめーん、と思いながら蜘蛛の巣を壊して日傘をさすと、まさに家主であったらしい蜘蛛がひゅるりとぶら下がってきたので、また、ごめーん、と思いながらその蜘蛛を植え込みの躑躅《ツツジ》に逃した。

6月8日

「どう見ても大変そうでしたもん」と労ってもらう際に言われると落ち込んでしまう。前に会社にいたときもそういうことがあった。自分では適切に真摯《しんし》に対応できると思っていた業務量が、傍《はた》から見たら無茶であった、という事実はぜんぜん認めたくない。溢れるように体調不良になった人全員に、わたしは「○○さんがんばり屋ですもんね」と言うようにしたいなあ、と思う。前にそう言われてうれしかったことがあるから。がんばっていると思えていなくても、「がんばり屋さん」と言われるのはとてもうれしかった。

6月9日

新刊の書店発売日。そればかりの一日。サイゼリヤで全力じゃんけん、全力ガッツポーズをしている学生がおり、わたしだってガッツポーズだぜきょうは。と思った。辛味チキンを取り合っていたのだろうか。そんなに白熱したじゃんけんで取り合う最後の一個が何だったのかだけ教えておくれよと思いながら退店。

6月10日　4時

その車には弟と母が乗っていて、弟は絶対無理だという助手席のわたしの意見を聞かずに岩洞湖《がんどうこ》の中に車を突っ込んだ。どう見ても無理なのに、この浅さの湖なら車のまま突っ切って渡れるだろうということだった。母はなぜか「行け行け〜♡」とノリノリで、わたしだけが、ちょっと、無理だって、渡れないって、死ぬって！　と叫び、車は案の定コバルトブルーの湖底へと沈んだ。車窓から水しか見えなくなっても、弟も母もなぜか「おお〜」と言っていて、わたしだけが、どうやって脱出すればいいのか、死ぬぞこれ、と考えていて、どんどん車は湖の底へ沈んで、明るい青だった水中はどんどん暗く、窒息する、やばい！

で、起きたら息が上がっていて、隣で寝ていたミドリに「どうしたどうした」と肩を掴まれていた。

「……夢見てた。岩洞湖に車で突っ込んで、もう無理だって思う夢」

「れいちゃんは悪夢のバリエーションが豊かでいいね」

「いまなんじ」

「3時40分。きのう早く寝たぶん、早く起きちゃったのかもね」

「そうだね」

ミドリは安心したようにまた寝入った。明け方に息が上がった人間を心配して起きたうえ、すぐに「れいちゃんは悪夢のバリエーションが豊かでいいね」と言えるミドリのことを尊敬する。

寝れたけど、寝れなかったな。目がぎしぎしするので目薬をさして、ぼんやりと天井を見ながら考えた。耳の薬の副作用で不眠があるとのことだったが、今回はそれがよく出ていて、ここ数日うまく眠れず、眠れていないので日中もなんとなく足の裏が地面から浮いているような気がする。こちらの方言で言うと「はかはかする」というやつだ。ぼんやりした日々が続いたので、昨晩は液晶から身を遠ざけて、21時には無理やりにでも寝た方がいい、という結論になり、そうした。寝起きの夢こそ悪夢だったが、いつも細切れに起きるのをまとめて6時間眠れたので、睡眠は十分な感じもした。せめて4時まではは布団の中にいよう。それで目を閉じて昨日のことを考えた。

きのうはいい日だった。刊行日で、たまたま出かけた先で読者の方に会えたり、書店員さんと話ができたり、よく行く喫茶店のママがお祝いにカリカリ梅をくれたりした。小学生のとき、視聴覚室のレースカーテンをぐるぐる巻き込みながら歩いたときのような、ぎゅっとしたうれしさがあった。夕方になると仕事を終えたミドリを迎えに行った。花屋の駐車場に来てほしいということだった。朝、「刊行日！　お祝いだ！」と喜んでくれているミドリに「あっ」と言い（花、ほしい）という言葉を飲み込んだ。また花をせびろうとしてしまった、最悪だ、と思っていたら、「お花？　予約してあるよ」と言われる。そうであるならば、より、かなり、余計なことをしてしまった……とくよくよしていたが、小雨のなか花屋へ迎えに行った。駐車に手こずっていると店の角からミドリが出てきて、その後ろから花屋のスタッフが三人ぞろぞろと出てきたので慌てた。全員に「おめでとう！」と言われ、思った以上に大きくて、ぶわっとした桃色の花束を貰う。え～、すごい、え～！　と叫んでいるだけであっという間に五分、十分経った。かぐやひめ、という名前のたいへん大ぶりな芍薬がふたつ入ったとても美しくかわいらしい花束だった。「出版祝いで、桃色と言われたからられいんさんに贈る花束じゃないかと思ったんですよ」と花屋さんは言い、それでわたしの好きな芍薬を入れてくれたらしい。ミドリはずっと「へへへ」としている。まさかお店の人がみんな出てきてお祝いをしてくれると思っていなかったので、本当にうれしい。お客さんが来たからと散り散りになったのだが（信じられないことに店内全員がお祝いにお店の外に出てくれていたのである）、車に乗り込もうとすると店主だけ小走りでまた来てくれて「あっ、これ、おめでとう！」と、枝のちっちゃいパイナップルをくれた。あまりにかわいらしい見た目なので爆笑しながら受け取る。「昔こういう、先っちょにふざけたでかいのついてるボールペンあったよね」「ありましたね」と言いながら手を振る。長い枝の先にちいさなちいさなパイナップルがついているさまは「パイナポ」と言うほかなく、更に表記にこだわることができるなら「ﾊﾟｲﾅﾎﾟ」という見た目で最高に気に入ってしまう。

そのあと盛岡駅へ。お祝いだからお寿司食べちゃおうかという話にもなったが、わたしたちはきのうわたしの実家でウニ丼を食べたし、お寿司は案の定混んでいた。サイゼリヤでパーティーだね。ソファに案内され、隣に花束を置いた。大きな花束は一人分の席をとる。そしてサラダをひとり一皿頼んで抱えるようにして食べてからミラノ風ドリアを頼む。サラダばかりにしていた日々が続いていたので本当に久々のミラノ風ドリアだった。

ペペロンチーノを巻きながら「でもさ」とミドリが言う。「『桃を煮るひと』は本当にうれしい本だよ。だって、はじめてあの部屋で全部書いた本でしょう。この一年たのしく暮らしながら、こんなにがんばっていい作品を書けるんだってことが証明できた一冊なんだよ。不幸じゃないと、苦労しないとってれいちゃんは言うけど、しあわせなままこんなにいい作品が書けるんだよ」と。「たしかに、今までの本は実家にいたときに書いていたり、会社勤めしながら書いていたりだったもんなあ」と言いながら辛味チキンを齧《かじ》り、付け足す。「でも、がんばって書いたってきもちがひとつもないんだよ、たのしいばっかりで」ミドリが心底嬉しそうに目を丸くした「それがいちばんじゃない」。

そうか。まあ、そうだよな。時折、こんなに好きなことばかりしていていいんだろうかととても怖くなる日があって、しかし傍から見るとわたしはがんばっているように見えるらしく、それって、会社員の時からそうだった。がんばっている、と言われると、苦労や理不尽に耐えている、と言われているように感じて後ろめたいのかもしれない。ちがう、わたしはがんばっていない、やりたいことをやりたいようにやらせてもらうことは「がんばっている」ではない、と。でも、仕事が好きな人って意外とみんなそんな感じなのかもしれない。がんばってる感がないから、そのありがたさや後ろめたさで働きすぎちゃうんだろうか。そういう友人が結構わたしには多い。

ミラノ風ドリアが届いた。こんなに大きかったっけ。と思う。スプーンを差し込んで食べると、ああ、これがミラノ風ドリアだ。うま、と思うと、喉の根元からくいーっと押し上げられるように目の中に涙が溢れた。びっくりした。おいしい、と思ったら、うれしい、がようやく一緒に来て、びっくりした。ミラノ風ドリアおいしい、新刊うれしい、花束うれしい、盛岡にいるまま、作家になれた気がして、うれしい。

「まさか、作家になると思っていなかったし、会社を辞めてもなんとかやっていけると思っていなかったし、こんなに新刊をいろんなひとが喜んでくれると思わなかったし、新しい暮らしがたのしいと思わなかったし、こんなにたのしいまま作品を書き続けることが出来ると思わなかったし、あなたが盛岡に越してきてくれると思わなかったし、盛岡駅にサイゼリヤが出来る日がくるなんて、思わなかった」
わたしはスプーンを持ったままそう言った。ミドリは（げっ泣いてる）という顔をしてペーパーナプキンをわたしに差し出して「サイゼリヤで泣かないでよ、へんな送別会だと思われちゃうよ」と言い、わたしが涙を拭い終わって顔を上げると「おれが盛岡に来たこととサイゼリヤが盛岡に来たことは並列なのかよ」と言うので、「どっちも大ニュース」と笑った。

6月10日

わたしは本当に、「選べたかもしれないもの」を差し出されるのが嫌いだ。

6月11日

6月12日

元職場へ行き、新刊の謹呈をしてきた。そのままお昼でもどうかと言われたので「お蕎麦食べたい！」とげんきよく答える。それで直利庵。大好きなオニオンそばを頼むと、ここのかつ丼がおいしいから、と、社長と部長が2切ずつかつ丼を分けてくれて、そうしたらそれなりな量のミニかつ丼が出来上がり、うれしい。みんなからすこしずつ貰って出来るミニかつ丼みたいな暮らしをしているな、と思いそうになり、またなんでも比喩にするのをやめなさい。相談役に「やりたいことから先にやれよ、人生は短いんだから」と言われ、つくづくこの人がわたしに言うことはみんな掛け軸みたいになる。やりたいことから先に。そうですね。からだに気を付けて、と言われながら栗まんじゅうを沢山貰って帰ってきた。貰ってばかりの前職だったな、と改めて思う。

6月13日

眠ることを泥のようと喩えることがあるが、わたしの睡眠はそんなに黒くはなくて、水溶き片栗粉みたいな、あんかけみたいな、眠り。

6月14日

「せっかくあなたが盛岡にいるんだから、この街のためにあなたを使わないと損」みたいなことを言われてびっくりして具合が悪くなる。わたしのきもちは関係ないのか。こういうことがあるから、わたしは盛岡のためにも岩手のためにも働いてたまるかと思う。わたしはみちのく作家でも郷土作家でもない。はやく日本の作家になりたい。岩手の人たちから、岩手日報に載ったときしか仕事を理解してもらえないのが悔しい。わたしはもっと、全国規模で、いろいろ書いている。ぐったりする。利用されたり搾取されたりしそうになることから逃げるとき使う体力がいちばん無駄なのに、いちばんこそぎ取られて、こういう悔しいときだけみるみるすり減る。

くそ……と思っていたら滑り落ちるように耳の調子が悪化。痛え。急いで耳鼻科へ。強めの薬を出し直してもらう。

6月15日

あんたの格言になってたまるかよと思う日と、おまえの格言をわたしが塗り替えてやると思う日とがある。

6月16日

取材2件と、サインと、サイン会。インタビュアーさんが、前に買おうか悩んだことのあるとても素敵なブラウスを着ていたので「いいなあ!」と言ったら「あげますか?」と脱ぎだそうとしたので豪快に笑った。

6月17日

サイン会。パピコってやっぱ、ふたりでたべるものだ。

6月18日

トークショーとサイン会。会いたい人にたくさん会えた。ノザキと麗郷で溶けながら炒飯と酢豚定食。帰りにID'EE TOKYOで展示を見てから帰る。新幹線の中ではいつもビールを飲むが、きょう、いま飲んだら完全に疲れがどっと来るのが分かったので干し梅とピュレグミと水を買った。

帰宅したらミドリがレモンクリームパスタを作ってくれた。鎌倉のコマチーナで買ったレシピ本の通りに作ってくれたそれは相当なおいしさで、空っぽになった皿をみつめていると「おかわりは、ないです」と言われた。

たくさんもらった手紙を見せびらかして眠る。

6月19日

6月20日

5歳男児といっしょに川に石を投げ入れ、石をひっくり返して虫を探した。川沿いの喫茶店で彼はコーラ、その母であるわたしの友人とわたしはアイスコーヒーを頼んだ。コーラとアイスコーヒーふたつがおなじコップで来ると彼は「みんなコーラ！」と喜んだ。たしかに見た目はほぼ同じである。彼はコーラにガムシロップとミルクを入れたいのだと言ってきかず、「こんどおうちでやってみようね」とたしなめる母を前に「え、でも気になるかも、ミルクコーラってありそうでないですよね」などと神妙な顔で言ってしまう。コーラ側はとっくにミルクコーラを試してだめだったからミルクコーラはこの世にないのだろう。でもそういう「とっくに」みたいなことをぶち壊し、やってみてだめだとわかりたいのが5歳だ。帰り道別れるまでの200mで彼には捕まえたい虫が何匹もいて、5歳はすごい。

そのあと歌会。いままで「先生」と呼んでいた人に「名前にさん付けで呼んでほしい」と言われてなんだかとてもうれしかった。

そのあと飲み会。ビール二杯と日本酒半合飲んだらぐらぐらしてしまい、モスコミュールは半分飲んでもらった。酔いやすくなっている。酔っていなければ行けたカラオケだったが酔っていたので行けなかった。

6月21日

6月22日

6月23日

6月24日

漠然とずっといらいらしている。追いかけても追いかけても追いつかない、拾っても拾っても次の球が止まらない。そういう2、3か月を暮らしていて、目の前を通り過ぎるひとつひとつに驚いて書き留めている時間がない。鎌倉くらいから、自分に起きる出来事に、それを書き留める時間が追いついていないから、常時もったいないと思ってしまう。ひとつひとつ摘まんで眺めて、へーと言って書き留めたいのに、400字書けそうなことが一週間で八つも九つも起きて、そういう一週間が何度も続く。書きたい、と思っていたことは沈殿し続ける。書きたいことを抱え続けている重い頭は、当然うっかりうっとりする余裕がないから、原稿を書くときタスク消化のようなきもちになってしまい、もっと腕をぶん回したいのにその腕にはいくつも球を抱えている、みたいな、きもち。わたしが書けずにいて頭をもたげているときは常に、書くことが見つからないのではなくて、書きたいことがありすぎて処理落ちしている。

もっとひとつひとつ驚きたい。仕事のひとつひとつにゆっくり向き合いたい。読者の手紙にぜんぶ返事したい。のに、その余裕がない。むずかしいのだけど、これは正しくは忙しい、のではないと思う。サービスする余裕がないのが苦しいだけで、ぎりぎり、こなせてはいる。わたしはもっとサービスしていたい。サービスサービスぅ♡と葛城ミサトが言っているのをはじめて聞いたとき感動した。わたしじゃないか、と思った。14歳のことだった。

6月24日深夜

わたしは決してヘルシーではない。

猛烈に「ばか」と言ってほしくなって、ばかと言ってくれそうな人に連絡しようと思ったらその人からは光りながらくっついている蛍の交尾の写真が送られてきていて、ばかと言われなくても満足した。

6月25日

6月26日

扇風機を出した。去年、どうしてもこれがいいのだと言い張って高いほうの扇風機を買った。高いほうの扇風機は風がやわらかく、何のボタンを押しても「ぴん♪」と鳴る。

6月27日

わたしってうるさいな。と思い、落ち込む。

6月28日

父が、前にわたしがプレゼントしたかえるのカフスをもう一度欲しいと言う。踏んづけてかえるの足が折れてしまったらしい。「水曜日はかえるの日なので」と言われて驚く。水曜日だからかえるのカフスをつけると決めているサラリーマンが存在していて、それがわたしの父だとは……。喜んで買い直す。

6月29日　7時30分

東京へ行くために盛岡駅へ歩くと目の前にさわや書店の竹内さんがいた。何度かお店に行ってもなかなか会えないことが続いていたのでうれしくて、早足で追いついて「ヨ!　おはようございます!」と言う。「おお!　会ったら言いたいなと思ってたんだよ、ちょっと働きすぎ!　休まないと!」と笑いながら怒られ、いままさに日帰りで東京の仕事をするところだったのと、今月は本当にちょっとがんばりすぎて体調を崩していたのとでどうしてばれていたのかとしみじみありがたく「フェ〜」みたいな声出してしまう。

6月29日　14時

神様。わたしいま、六本木ヒルズで仕事をしています。

6月29日　17時30分

思ったより早く仕事が終わり、予約していた新幹線まであと3時間あるからどこかで美術を見ようか、それか書店へ挨拶へ？　それとも誰か誘ってお茶でも？　と思い、いつでもすぐ来るヨーコを誘ったがヨーコは仕事のシフト中のようで「そのままかっこよく帰りな」と言われる。それもそうだな、と思い、新幹線を二本早めて、大丸でしなければいけない買い物を済ませ、明るいうちに帰る。地下で売られるビールもカツサンドもちいさなちらし寿司も我慢したのに、涼を求めて買うつもりなく入ったコンコースの弁当屋で大船軒の押し寿司を見つけてしまい我慢できず買う。新幹線が走り出すと隣の座席の人はターバンのように頭を覆える目隠しのついた首用のU字のクッションをはめてすぐに寝入りかっこよかった。そのクッション欲しい、どこのですか。

ああ疲れが来た、と思うとき「ドッ」と言ってみることにしている。ドッ。

6月30日

7時30分に起きたのに12時30分まで二度寝してしまう。それで疲労がようやく取れた。昼過ぎからもぞもぞ動き出して買い物へ。ロフトで買おうと思っていた肌が白くなるクリームは品切れしていた。バズった化粧品は店頭に並んでいないと思ったほうがいい。オールバックの人を見ると「速そう」といつも漠然と思う。新幹線みたいで速そう。

日記の本番　6月

耳というのはふしぎな部位だと思う。顔のいちばん外側にくっついていて、ひらひらしていて、強くつまむと、ほっぺをつままれるよりは痛くなくて、咲いているみたいなのに自力で閉じることはできなくて、絵で描けと言われても「3」か「6」しか思い出せなくて、穴があって、その穴が暗くて。わたしたちは耳の穴に栓をして音楽を聴き、耳の上に眼鏡をかけて、さらにそこにマスクをかけて暮らす。からだの部位として、耳を重宝しすぎているのではないだろうか。あるいはもっと、このからだに「取っ手」があってもいいのではないか。

難聴、と言うと、人によっては「えええ」と仰《の》けぞり、本当に心配してくださる人がいるから、黙っておくか「体調を壊している」と言うようにしている。「体調を壊している」よりも「耳が壊れている」と言うほうが深刻に思われるのはなんだかふしぎなことだ。難聴、と言ってもわたしの場合は耳の中にひとつ分厚い鼓膜が増えたような感覚、山の上で耳がほーん、と鈍くなる、あの感覚の弱いのが常時いるという感じなので、まったく聞こえないとか、大きな声で話してもらわないと困るとか、そういうものではない。いつもイヤホンで聴いているラジオや音楽を、できるだけ音量を絞るか、遠くのスピーカーから流すようにさえすれば、日常生活にはそんなに支障がない。ほんとうに初期で病院にかかったから症状はとても軽度だし、調子がよければまったくもっていつもどおりだ。おそらく耳に来るのは遺伝で、母も三半規管系に弱い。ずっと昔に眩暈と耳の不調に悩まされ、皿を洗う音にも耐えられなくなったようなときのことを知っているから、自分のいまの耳の状況がどれだけ浅瀬の症状であるかわたしにはわかる(し、そういう母を見ているからこそぜったいに浅瀬でこの症状を食い止めねばならぬと思っている)。

この世の中にどれだけの、働きすぎて耳がエラーを起こしているひとがいることだろうと思う。「ご自愛」とか「がんばりすぎ」とか「まじめ」とか、そういう言葉はすべてわたしには響かない。わたしがいまちょっと耳を気遣って暮らすのは、わたしがまじめだからでもがんばりすぎだからでもなく、ただこの蝶が、耳鼻科に行けば「耳」と呼ばれるこの蝶が、あたらしい花を見つけてちょっと飛び立ちたくなっているんだろう、だから見守っておこう。そのくらいのきもちで思っている。雨は虹のためではなく紫陽花のために降る。必要だから降る。雨は苦難ではない。だからこれは不調ではなく、ただ、そういう季節。

すべての手書きの文字を信じる。わたしの作ることができる木陰には限りがある。スマホと財布だけ持って、足りないものがあればドラッグストアで買えばいい。捨てるための書がないからずっと街に出ている。おなじようでぜんぶちがうマンション、ちがうようでぜんぶおなじ夏。わたしを舐めるんじゃないよって、舐められていないのにそう思う。

日記の練習　7月

7月1日
北上川の近くを泣きながら歩いた。北上川もそんなに泣かれたら困るだろうなと思うくらい泣いた。

7月2日
山がきれいに見えて吉日だった。この日のことを何度も思い返したりするのだろう。歩道橋に登ると開運橋がいつも通り見えた。

7月3日
すべての労働は「連絡を返し続ける」ですよねという話をした。喫茶店のママから軽井沢のお土産とのことでクッキーをいただく。貰うとき「おいしいかどうかわかんないのごめんね」と言われたのですかさず「ママから貰ったらそれだけでおいしいですよ」と返す。本当にそうなんだからねっていう目で。

7月4日

ロケ。浴衣を着つけてもらうとやっぱり自分で着るよりずっときれいだ。撮影用に使ったビールもったいなくてできるだけ飲んだら馬鹿みたいに酔っぱらってしまって、もうこうなったらとそのまま夜も飲む予定を入れた。お店の人に「浴衣ですね、なにかあったんですか、短歌会ですか？」と言われたことにびっくりして動揺しすぎて「へえ、そういうのもあるんですね」と答えてしまう。「いま短歌がブームらしくて。ほら、くどうれいんっていう人も歌人で盛岡に居るんですよ、お客さんと同世代くらいじゃないかなあ、結構有名人ですよ」と言われていまさらそれはわたしですと言い出せず「へ、へえ〜」と言う。会計を終えてわたしが暖簾《のれん》を潜《くぐ》って外に出たあとで、いっしょに飲んでいた人が「あ、そういえばおれ会ったことあるんですけどくどうれいんってすごいいい人でしたよ！」とでかい声で言い残して店を出てきたので、扉が閉まるなり（なに余計なことしてるんですか！）と背中を強く叩いた。帰宅してから考えるととてもお洒落ないたずらだったような気がして、いやしかし、次どんな顔であのお店に行こう。

7月5日

昨夜は本当に久しぶりに遅くまでたくさんお酒を飲んだから調子が狂っちゃうな、と思ったが、今日の仕事は本当にさくさくみるみると進んだ。狂った調子が本調子。買えないと思っていたコンタクトレンズは買えて、買うつもりだったクッキーは買わなかった。京都は暑いと脅されまくっているがだからと言っていまのわたしが盛岡でできることは荷物に麦わら帽子を入れることくらいしかない。

→

麦わら帽子、持ってはいるが帽子をかぶる習慣がなさすぎて鏡の前で何度も被ってから荷物に入れるのをやめた。わたしが帽子を被ると「保護者」っぽさがすごい。わたしはまだ保護者になりたくない。（それは「まだ」なのか？）

7月6日

「まさかわたしが泥みたいな恋愛してるようには見えないでしょ」「いいねいいね、何色の泥？」

7月7日

ミシマ社の三島さんがつくる味噌汁がおいしい。夜になってきょうが七夕だと気が付いたので「七夕だ！　七夕の夜だ！」と騒いだ。夜は雨。買わなくていいのに春雨スープを買い、買わなくてよかったなと思いながら食べた。

7月8日

高いボックスティッシュみたいな電車に乗って大阪へ行きサイン会、のち、京都のお寺でイベント。きょうのこと、何年も思い出すんだと思う。ここからはしばらく静かにしていられる、と思った。そろそろ無理してでもこの気さくさを減らさなければ体力がもたない。何年かに一度前触れなく動く岩のような、そういう感じでこれからはやっていきたいと思っているが、どうせまたチョロQみたいな人生が続くのだろう。

7月9日

「あなたの作るものを読んでいると、わたしの中で音叉《おんさ》が揺れる。わたしの中にこんな音で響くところがあるんだって、読んではじめてわかる。それは共感とはちがうんですよ」と言った。ミックスジュースには缶詰の真っ赤なさくらんぼが乗っていた。夜に食べた中華の杏仁豆腐にも真っ赤なさくらんぼが入っていたから、きょうはさくらんぼをふたつ食べた日だ。

山田くんが「この自転車うるさいんです」と言いながらまたがった自転車が本当にうるさかったので「あたらしぃの買いなよ」と言うと「壊れたら買おうと思ってるのに壊れないいんです」と言うので、そういうことってあるよねと思う。

7月10日

ノザキと山崎くんと京都タワーに登る。こころの中で(ザキザキ!)と思う。望遠鏡が無料! よろこんで覗いていたらとなりで覗いていた山崎くんが「うちって屋上あったんだ」と言う。京都タワーから山崎くんの家が見えるらしい。覗かせてもらうとばっちり見えて、ノザキと代わりばんこに覗いては爆笑した。そのあとも山崎くんはライオンズマンションのライオンや遠くの観音様を上手に望遠鏡の視野に入れては見せてくれた。スナイパーのようだった。ノザキはシゲキックス、山崎くんはゆず七味をくれて、ぶんぶん手を振って別れる。

腰、と思いながら、新幹線の座席でこざとへんのようなかたちで眠りつつ盛岡へ帰ると、駅で待ってくれていた友人に早速お土産を渡してそのまま車で送ってもらう。

京都タワーのマスコットキャラクター「たわわちゃん」にやたらハマってしまいキーホルダーまで買ってしまったが帰宅して冷静になるとそんなにかわいくない。旅先の罠。

7月11日

貰う際に「茹でながら不安になるだろうけど大丈夫だから信じて茹で続けてね！」とキコに言われた盛岡冷麺を茹でた。最初はなにも気に留めることはなかったが茹で続けるとみるみる鍋の中がスライムのように粘度高く白くなったので（不安！！！）と思った。麺が全部くっついてひとかたまりになって膨張しだしているように見える。不安になると事前に言われていなかったら、パニックになってウワーッと叫んで鍋を持ったまま廊下を走っていたかもしれない。不安なままザルに上げて氷水で締めるとさっきの鍋の中はなんだったのかと思うくらいうつくしい盛岡冷麺になった。しかもとびきり美味しい。なんだったんだ。

7月11日夜

1日に大泣きしたの、一体何だったのだろうと思ってものすごく後悔した。

7月12日

横断歩道を待っているのがFさんだったので「ヨ!」と言うと「オ!」と言われる。「あなたこれでいてかなり繊細なんだから、もっとガサツにしなさい」と言われる。確かにそうかもと思う。わたしはこれでいてかなり繊細。

夜、仕事終わりのミドリを車で拾ってそのままイオンで買い物。ラジオから「現役バリバリの84歳!」と流れてきて「バリバリって聞くと(お煎餅食べてるなあ)と思っちゃうんだよね」と言われひとしきり笑う。現役バリバリの人はたしかにお煎餅を躊躇《ちゅうちょ》なく噛めそうなかんじがする。

7月13日

旅行前夜。ミドリが熱中症予防のために買った帽子を何度も被って「どう?」と見せてきたが、何度見ても(副審っぽい)と思ってしまい申し訳なかった。主審ではなく副審っぽいのだ。どのへんがと言われても困るけれど。わたしが被るとたいへん似合って、なおのこと申し訳なかった。

7月14日

京都。祇園祭に行きたくてこの日程にしたわけではなかったがせっかくなので見る。長い鉾《ほこ》を見上げて長いなあ、と思い、よくわからないまま粽《ちまき》を買って、羊羹《ようかん》を買って、よくわからないまま読み方のわからない鉾に登って、よくわからないままめでたいきもちになった。

7月15日

人力車に乗ったことがない。嵐山ではこんがり日に焼けたお兄さんたちがいろんな場所で乗りませんかとはにかんでいてちょっと乗りたくなる。ミドリに「このへんからだと人力車でどこまで行けるのかな」と言うと「奈良。高速使うんだよ」としれっと大嘘をつかれてゲラゲラ笑う。わたしは真顔で大嘘を即答されるのが好き。時速100キロで走りながらはにかむ人力車のお兄さんを想像してしばらく愉快だった。人力車には乗らなかった。暑すぎる。

7月16日

京セラ美術館でルーヴル展。「ヒュメナイオスの勝利」（あるいは「アモルに導かれる

『無垢』」）の、愛にのめり込むときの（あーこれもうだめだ）みたいな白目の顔。もう自分の力では止められず、かと言って引き止められたとしても立ち止まることのできない愛の引力に、（あ〜）と白目になるのはとても身に覚えがある。その絵のポストカードが欲しかったのになかった。

7月17日朝

「おきばりやす」「わっ！　すごっ、うれしい、本当にそう言うんですね」「ごめんいま人生で初めて言った」

7月17日昼

カルネ。ポカリ。きゅうり。きすの天ぷら。焼きいか。鯖《さば》寿司。鱧《はも》寿司。コーラのグミ（かたい）。

7月18日

スーパーで買ったすじこ巻きを、スーパーの駐車場で食べているところを見られた。

7月19日

きのう日傘を忘れた場所に明日取りに行きますと連絡。整骨。財布を忘れる。

7月20日

起きたら眼鏡がぐんにゃり。気持ちもぐんにゃり。やることをやっているはずなのにいちばんやるべきことが終わっていないのでなにも終わっていない気持ち。賞の候補に入る。また不安定な日々になると思う。

君たちはどう生きるか見る。伝統と継承のことをずっと考えていたので痛快だった。

7月21日

ピスタチオについて十五分ほど語る。

7月22日

ラムの水餃子を食べる。花束を貰う。

7月23日

おにぎりを食べる。花束を貰う。

7月24日

ミント水を飲む。花瓶に水を足す。

7月25日

独身最後の日じゃん、と言われて「たしかに！」と思ったときには既に22時で、だからってどうしようもない。最後の日を過ぎたってさんざんはしゃいで暮らすつもりなのできょうと明日になにか明確な線があるとどうしても思えない。なるべく思い詰めたくない。17歳から18歳になるときも、19歳から20歳になるときも、時間がくれば歳をとるのにそれがどうしようもなく悔しくて、1秒も逃さないように書きまくっていた。独身でしか書けないことをわたしは果たして十分書ききっただろうか。書き切れるわけがない。だからあんまり最後の日とか最初の日とか思いすぎないほうがいい。肩書や名前がどうなろうと、わたしはいつでもわたしのしたいことをしていい。

あした賞味期限の納豆が2パックもあるんだよなあと思いながら、32％の充電の

iPhoneを握って眠る。

7月26日

手続き、手続き、手続き、ソフトクリーム、手続き、トムヤムクンフォー、手続き、帰宅。新しい苗字で呼ばれてもすぐに「はーい」と立ち上がることができない。花をいただきすぎてテレフォンショッキングのようなリビング。たくさんのメッセージ。

結婚した実感がなく「へ〜」「ふ〜ん」とまだ思っている。今井さんから「しあわせ者！」と言われてうれしかった。へへ、あっしがしあわせ者でごぜえやすと思う。結婚した人に「おめでとう」と言うことにざらっとした違和感を覚えていたので（結婚していないわたしがおめでたくないわけじゃないんだよなあ、とずっと思っていた）、これからはしあわせ者！　と言おうと思う。

7月27日

賞味期限が一日過ぎた納豆をミドリがパスタにしてくれた。

7月28日

たまらない短歌がたくさん入っている歌集を読み始め、えんぴつで良い歌に丸をしておこうと思ったのだけれど、えんぴつが見当たらない。そうだ前に断捨離した時に文房具も随分減らしてしまった。えんぴつとシャープペンシルを探しながら（取り返しのつくペン……）と思った。わたしはえんぴつとシャープペンシルを取り返しのつくペンと思っているのか。家の中をうろうろ二周したけれど我が家には取り返しのつかないペンしかなかった。

＊

結婚祝いに、と南部煎餅で出来た首飾りを貰った。しばらくウケて首に下げたままうろうろした。

7月28日夕方

ワーッとなり担当編集さんから電話来る。「れいんさん、もっとめちゃくちゃやっていいですよ」と言われる。ワーッとなる。

7月29日

夏祭りへ。友人がラベルを描いている日本酒が7種あったのでぜんぶ飲んだ。声を掛けてきてくれた工藤さんがわたしとおなじエリアのルーツの工藤さんだったのでひとしきりはしゃぎ、親戚だということにした。あの、墓地にやたら工藤の墓しかないエリアの工藤である。数多ある似たような工藤の墓から、祖母はいつも間違いなく己の工藤一族の墓石を探すことができる。改めて他人の名刺で見ると工藤っていい苗字だよなと思う。逆から読むと雨読だし。

7月30日

ワーッとしたかったのだが上手くいかず、昼過ぎ散歩をしようと思ったら夏祭りが開催されており、あっさり歩くことをやめてフランクフルトと大きなしゅうまいを食べた。食べている間知り合いが2組も通り過ぎて、主人公がそこにいるだけでいろんな人が訪れてくる絵本ってあるなと思う。観念して帰宅し、ワーッとし、書けた。担当編集さんから電話が来て「さすがです!」というので、大変いい気になってがぼがぼ日本酒を飲んだ。餅まきでは餅をひとつも取れなかったが、わたし自身がありがたくおおきな餅のようなものなので全く構いません。

7月31日

起きたら軽い熱中症のような症状があり、立ち上がると非常にだるく一日中寝ていた。そうめんのつけ汁はめんつゆだけで飽きたことがないというのに、変わり種のそうめんつけ汁の動画ばかり眺めて、サバ缶入れたつゆにするような日はそもそもそうめん食べたくねえだろ、など悪態をついていて一日が終わった。本当に意味のない一日。

日記の本番　7月

染野太朗の『初恋』という歌集を読みながら身をよじる。ページを捲《めく》るほどにたまらない歌ばかりあるので、もう、たすけてくれよという気持ちで鉛筆が欲しいと思った。溺れそうなときのささやかな浮き輪のように、きつい上り坂に使う杖のように、この歌集を読むときはこれぞという短歌の頭にちいさく〇とつけることで息をつこうと考えたのだ。いい短歌に頭がぽやんとする。ページを開いたまま歌集を伏せてペン立てを漁る。ボールペン、水性ペン、油性ペン、ボールペン、ボールペン、筆ペン、ボールペン……(取り返しのつかないペンしかないじゃん)と思って(え、わたし鉛筆のこと「取り返しのつくペン」だと思ってたの?)とびっくりした。うろたえつつ何度も探したがどこにもない。しぶしぶ、ピンク色の細い付箋を持って本の前に戻った。取り返しのつかないペンしか持っていないのか、わたし。下書きなし、ぶっつけ本番の人生。丁寧に修正することを知らず、間違えたらその都度黒く黒く塗りつぶすか、紙ごと捨ててしまうか。そういう人生なんじゃないかって気がしてきて暗くなる。暗くなっても染野太朗『初恋』がすごい。夢中で読む。

今月の関西出張では染野さんと二度会った。一度はサイン会に来てくれて、どうしてももっと話したくて仕方がなくなったから、無理を言って翌日のモーニングを共にした。わたしは染野さんのことが学生の時からとても好きで、もちろん短歌を好きなのだけれど、それ以上に染野さんというひとのことが好きだ。染野さんみたいなひとは染野さんしかいないなあ、といつも思う。憧れる。やけに奥に広い喫茶店。わたしがミックスジュースを頼むと、染野さんも同じものにした。細長いグラスで、真っ赤なさくらんぼがのっていた。染野さんと来た喫茶店でミックスジュースを頼み、そのてっぺんに真っ赤なさくらんぼがのっている。その事実がちょっとうそみたいで、うれしすぎて何度も椅子に座りなおした。染野さんとふたりでゆっくり話すのはこれがはじめてで、これが、こわいくらい本音をするすると話してしまった。大きな水晶玉みたいな人だと思った。いくらでもからだが透き通り、いくらでも短歌が書けそうな気持ちになった。そんなのは本当に、ここのところ、ぜんぜん来ていなかった気持ち。ありがたい。

岩手に帰って、取り返しのつかないボールペンで婚姻届にサインした。受理されるまでの間ふかふかの椅子にミドリと腰かけて「やー」「いやー」「ねー」「やー」などと意味のない言葉をむにゃむにゃ言い合った。ふたりともしたことのない種類の緊張をしているのだ。提出すると役所の窓口の職員は「お手続きは以上です」と言う。ぶっきらぼうで構わないから「おめでとう」くらい言ってくれるものかと思っていたので大変さみしかったけれど、これはきっと「おめでとう」と言ってはいけないマニュアルがあるのだろうと思って、（無愛想！）と思いそうな自分の脳を（守ることがたくさんあって大変なお仕事おつかれさまです）と思うように仕向けた。

戸籍の書類のために別の窓口に案内され、30分かかりますと言われた手続きは24分で終わって、たったそれだけの時間で、わたしはもう工藤ではない苗字で呼ばれるのだった。ゆっくりと用意を進めていたからすっかり心は決まっていたつもりだったのに、本当に苗字が変わったのだと思ったらとても取り返しのつかない状況であるような気がした。結婚はおめでたいことで、うれしいことで、そうなのかもしれない、それはわかっているんだけど。わたしはとにかく決断をするのが嫌いで、責任をとるのが嫌いで、できるだけ「なんかわかんないけどこうなっちゃいました」と言い続けていたいと思っているので、ものすごい決断をしたっぽいぞこれはという感じにしばらくぼーっとしていた。免許証の名義変更へ行くと県警には〈〝夜道はアブナイ〟おばあちゃん物語〉と書かれたチラシがあり、動画らしきものへ誘導されている。一度は開こうかと思ったが、すぐにどうでもよくなった。開いたところでその動画が〈〝夜道はアブナイ〟おばあちゃん物語〉というタイトルよりおもしろいことはないだろうと思ったのだ。開いたところでその動画がおもしろいわけがない、だから開かない。そういう感じで、もっとあっさり残酷に、わたしが選ばなかった人生のことも諦めたいのに、わたしは欲張りだから、独身でいた自分にはもう戻ることができないと思ってしまって、でも、結婚した自分のことも気に入っていて。へんなかおになる。

日記の練習　8月

8月1日
福引。赤、赤、赤、赤、赤、紫、赤、赤、赤、赤、赤、赤。

8月2日
「青春みたい」と帰り際言い合って、青春ってこの人生をつくづく気に入っているって意味かもしれない。

8月3日
ちいさなしゃぼん玉が出続ける機械があれば、ちいさなしゃぼん玉が出続ける機械を載せた車をゆっくりと押し続ける仕事の人もいる。

8月4日

ミドリが「おれは焼きそばが好きなんだと思う!」と大発明のように言うのでアラよかったと言った。

8月5日

よ市で久々の蒸し牡蠣。何度行っても牡蠣を剥くお父さんに観光客だと思われているが、「岩手いいところだろう?」と言われるその明るさがうれしい。来客に瓶ウニを振る舞いながら合唱曲をひたすら聴く謎の時間。同い年が四人集まっても、意外と全員が歌える合唱曲は少ないものだ。クラスも学校も違うんだからあたりまえのことなのに、それぞれに違う合唱曲があって違う青春があるのは不思議だと思う。

8月6日

安野光雅展を見るために萬鉄五郎記念美術館へ。すばらしい展示。盛岡市から離れた場所にある美術館だが毎回すばらしい企画内容で、もっともっといろんな人に足を運んでほしいと思うがどんな土日に行っても空いているので毎回不安になり、せめてもとアンケートを書いて帰る。車中で夫が「結局大人になってからも、あのとき合唱に真面目に参加していた人としか仲良くなるつもりないのかもしれない」と言うので、なにそれと爆笑した後に妙に真顔になって、たしかにそうなのかもしれないと思った。結局ね。
夜、あゆさんと「戦国焼鳥 秀吉」へ行くと入店時に法螺貝《ほらがい》の音がして、本当に店主が法螺貝を吹いていたのでびゃ〜！ と手を叩いてよろこんだ。退店するときも法螺貝を吹いてくれるシステムらしく、お酒を飲んでいる間定期的に店主がすっ……と法螺貝を構える瞬間があり良かった。無口そうな男性の店主がきりっとした顔で吹くところがまた良い。オーダーミスで行き所がなくなったらしい塩辛を「じゃあ食べる！」と貰うと、奥からその店主が出てきて「焼きすぎちゃったんでね」とハツ（たれ）をプレゼントしてくれた。良い客。良い店。とおこがましくも思う。日曜は早めに帰るお客さんが多く、わたしたちが最後のお客さんになってしまう。最後だからなのか、どのお客さんよりも長く法螺貝を吹いてもらって嬉しかった。出陣じゃ。また法螺貝が聴きたくなったら行きたい。

8月7日

夏の海水浴場に行くのは何年ぶりだろう。太陽がペンキのように肌に張り付いてきて、海に飛び込むすべての人が美しかった。

8月8日

母が手作りのお稲荷さんを持ってきてくれたので、太る太ると言いながら食べた。わたしは母が「も〜」とか「いや〜」とか言って困っているのを見るのが割と好きだ。帰り際桃を三つあげる。母の車の中では原田知世が流れていた。

ジェルネイルを自分でオフするのに失敗してひどい有様になってしまい、ネイルサロンで削ってもらうとすっかり爪が薄く弱くなってしまった。かたいものを指先で触ろうとすると「くにょ」となり、その都度わたしのからだも「くにょ」と力が抜けるような心地。

8月9日

当然のような顔をすることが大事な日もある。

8月10日

おばあちゃんの家でトマトを捥《も》いでバケツに一杯貰った。結婚の報告をした時になにか重要なことを言われたはずなのに覚えていない。お金はしっかりしろやな、だったのか、真面目に暮らせやな、だったのか、そういうようなことだったと思う。実家では高齢の犬がそれなりに弱っている。すこしでも長く過ごしたいと思い犬と添い寝したら顔の目の前でものすごいおならをされて「デイッ!」と声が出た。実家が好きすぎるのであまり長居したくないと思っている自分がいる。実家にこの前まで暮らしていた自分と目が合って、そっちもたのしかったことを知っているからちょっとつらくなるのだ。

8月11日

外食なんかいいので母の朝食と父のパスタが食べたいと思いそれをねだった。夫が帰省してだれもいない自宅へ帰宅。書きながら気が付いたが同じ人物を「ミドリ」と表記したい日と「夫」と表記したい日がある。これからの作品内でどう書き分けるべきなのか……とりあえずこの日記ではきもちに素直に、そのとき思ったほうで書こう。

花火の頭のとこだけ見える。幼いころのわたしだったら「ぜんぶみたい!」と駄々をこねたと思うけど、頭のとこだけ見える花火のほうがいい花火なこともあるんだよってしまのわたしは思う。花火を見ることに拘らなくてよくなった自分を気に入っている。

8月12日

半地下の居酒屋へ。法螺貝のお店で「ほたるいかの沖漬け」がおいしいということを知ったので、それを見つけて頼もうとしたら沖漬けの作り方を教えられてひっくり返った。何て残酷な。そんじゃやめる、と言おうと思ったのにおいしいから食べよう、と注文されてしまい、南無。と思いながら食べた。おいしいね、ひーん。ひーん、おいしい。日本酒をたくさん飲むときに恋の話をしているとめろめろに酔うかんじがする。べろべろでなく、めろめろ。

8月13日

鏡を見たらわたしはサイゼリヤの壁の絵の天使のように完璧にぷくぷくに太っていて、驚きを通り越して「イヨッ!」と思った。イヨッ、天使! 裸婦! どうやったらこんなにお腹が出るんですか? あっぱれだよ。

8月14日

夫のおばあちゃんの家のある山形へ。ご挨拶である。関東からも親戚一同がたまたま出そろっており緊張する。ふすまを開けるとぎゅうぎゅうに親戚が並んでおり、あまり

の驚きで「サマーウォーズじゃん」と漏らすと、「たしかに！」とややウケしてもらい
ホッとする。夫の親戚はみなかしこく、底抜けに良い人ばかりで口があんぐり開いた。
夫は小さいころから異常に読み書きができた、とはなんとなく聞いたことがあったが、
すべての親戚が「でもねえミドリくんは小さいころから本当にかしこかったんだよ」
「この子は昔から天才だった」「顔つきがもう違った」などと口々に言うので驚いた。
「三歳の時にはもう新聞読んでたんだよ」と言われて冗談だと思って「神童じゃん」と
言うと、みんながあまりに真面目に頷くので本当の話なんだと唾を飲んだ。そうか。こ
の人、マジで神童だったのか。神童と結婚したのかわたし。
夜ご飯にお寿司と、芋煮と、揚げ物と、漬物と、トマトと、すいかと、とうもろこし
と、枝豆と、馬肉のチャーシューと、もう食べきれないと思ったところでぶどうがでて
きた。完全に食べきれない。すごい。おばあちゃんの家だ。うれしい。芋煮があまりに
も美味しくてお代わりして、食べ過ぎておなかが痛くなってトイレに籠もり愚かな嫁と
なった。二十二時になって黒獅子を見に行く。ミドリがずっと前から見せたかったと言
い続けていた黒獅子はたしかにものすごい迫力で、これを見せたいと思ってもらってい
たことがなんだか嬉しかった。

8月15日

「暑いから早ければ早いほうがいいよ」と義母から連絡があり八時過ぎに向かうと、畑は完全に準備万端だった。きのう、見事な畑なのでぜひ野菜を捥がせて欲しいと言うと、それなら翌朝おいでということになったのだ。

こんなにしっかり畑に入っていいなら長靴を持って行けばよかった。と思ったが、サンバイザーと花柄の作業着とズボンと長靴を貸してもらって完全なる農作業ルックに着替えた。ちいさいおばあちゃんのような格好になって、「似合う！」と褒めてもらう。うれしい！　という気持ちと、畑には慣れておりますけれどもというプライドがせめぎ合いながらもくもくとトマト、きゅうり、なすを収穫する。トマトのネットの中に潜ってじゃんじゃん赤いトマトを捥ぎながら、そうか、結婚するというのはミドリが夫になるだけだと思っていたが、こうして捥いでいいトマトが増えるということでもあるのだなと妙にじーんとする。しかし、親族が連れてきた新婚ほやほやの嫁が（わーい捥いでいいトマトが増える！）と言うのはあまりにも山賊っぽすぎるだろうと思い、農業体験ができてうれしかったです！　風のリアクションに留めた。義母に撮ってもらったわたしと夫の写真は結婚二十年目のような貫禄があってうけた。

8月16日

盛岡に帰ってきて一日中片付け。なにかと思った大きな段ボールの中身は、夫が買ったロボット掃除機だった。正直なところいま家にある掃除機で十分だと思っていたので一言目に「うれしい！」が出ず、「よかったね！」と言ってしまう。買っちゃった。という夫の顔が、まったく同じように家族に知らせずロボット掃除機を買ってきた日の父とまるっきり似ていておもしろい。夫というものは思い立ってロボット掃除機を買ってくる生き物なのだろうか。しかしこれがとても優秀な掃除機だ。夫はメロメロになっている。「ああ、そっちも行けるの？」「すごいな〜」と言いながら後ろを着いて歩いている。あまりの優秀さと夫の溺愛っぷりにくやしくなって掃除機を持って「倒す！」とロボット掃除機の前に立ちはだかると「うん、対決するのね」と簡単に受け流されて不服である。トマトを30個調理して寝る。

8月17日

夏休み終了、仕事始めだ！　と思っていたらみるみる体調が悪くなり、咳が止まらずぼーっとするので冷や汗をかきながら病院に電話。検査は明日ということに。帰宅した夫に隔離してもらい買い物を頼むと、ゼリーもグミも飴も頼んだよりもたくさん買って帰ってきてくれて、情けなさで自分を責めながらぜんぜん見たくないYouTubeを2時間みて、その間にもがんばって書いている人がいるのにと思ってしくしく泣いた。

8月18日

陰性。ぼさぼさの髪で呻《うめ》きながら寝室から出ると「風邪でもかわいいね！」と扉の向こうの夫の声がして不貞腐れた。かわいいわけがない。太っても痩せても体調を崩す。早く体調を戻して、痩せねば。

8月19日

舌の根に口内炎が出来て痛いのとたまに咳き込む以外は症状が落ち着いてくる。病院の薬はすごい。

8月20日

書きたいことばかりが溜まって精神的に具合が悪くなっているのがわかる。昼寝、そして昼寝。ATMからATMへ。わかめスープに乾燥わかめをざばっと入れる。こんなに入れたら増えて大変なことになるよ、と思うけど、いつも思ったよりは適切な量になる。夜、思い立って原稿を二本書く。書いて、書いて書いて、そうでなければ結局は進めない。とにかくいま、停滞を感じている。こんなことではいけない、わたしはいま、小説が書きたい。

8月21日

8月22日

8月23日

8月24日

8月25日

咳がまだ出る。

8月26日

弘前。とても素敵な会場と素敵なスタッフのみなさんに支えられてトークイベントが無事終わる。青森にはどこにいってもりんごのかたちのものがある。ガードレール、時計台、ベンチ。名乗ったもん勝ちなんだから名乗ったほうがいいけど、名乗ったら名乗ったでしんどいこともあるよ。

8月27日

お昼にのっけ丼を食べ終わったらどっと疲れて頭が混乱してしまい、「かえりたい」と号泣して予定を随分早めて帰宅。青森でいろいろやりたいことはあったのに、明日からのことをひとつずつ考えていたらそんな暇ひとつもないじゃんと思ってこわくて、いやで、涙がたくさん出てきた。イベントで自分のことを語るとその分「じゃあお前はそんなに偉いのか？」という矢になって返ってきて、出来ていないあれこれのことを思ってとても焦ってしまう。ここから下降していくばかりの人生なんだろうと毎回本気で思う。

8月28日

失礼なメールにどう返信するべきなのかで顔を紫色にしながら唸っている時間がいちばん無駄なのに、そういう時間がいちばんあっという間に過ぎてしまう。

8月28日夜

自分の不安や悩みをSNSに書くのはもうしばらく前にやめていたのだが、やっぱりちょっと、体調の不調と仕事のエラーやトラブルが続いている感じに耐えかねて、印刷した原稿の裏に手書きでいま思っていることを書き、適当に描いた似顔絵と一緒にInstagramのストーリーズに載せた。するとほんの数分で、そのストーリーズをスクリーンショットで保存して、感銘を受けたとわたしのアカウントをタグ付けして投稿する人が現れ、あーあ、と思って全部消した。わたしが嘆くと誰かがそれをメモするのか。わたしの悩み自体があっさりだれかにとってのコンテンツになってしまうのか。じゃあもうやめだやめだ。思い出した。わたしがSNSで個人的な気持ちを投稿するのをやめるようになったのは、まったく知らない人がわたしの言葉をかんたんに額装するからだ。力を込めて書いた作品とSNS投稿ひとつを同じ重さみたいに反応されるのがいやだからだ。わたしはもっと、わたしのことを独り占めしたくなった。悩みや愚痴は、その葛藤から遠く離れるほど時間が経った後で、悩みや愚痴を話せるような仕事がきたときだけ話したほうがいい。あまりにオンタイムな葛藤は、公開してしまった途端に、鯉の池に投げ入れた餌みたいにぼちゃぼちゃ飛沫《しぶき》を上げてうやむやになってしまう。わたしはもっと根深く、真剣に、収拾がつかなくなるくらいの葛藤をしたい。みんなが簡単に追いついて来られないような葛藤と恨みを煮立たせるには孤独が必要だ。

8月29日

本当に喉の調子を何とかしたくて再び通院。胸に貼るシールを処方される。死んだおじいちゃんがよくこのシールを貼っていて、透明な殻をその辺に捨てるせいで裸足で遊び回るわたしの足の裏にひっついたんだよな、と思いだした。

8月30日

仙台文学館でヒデ子さんと再会。スーパー元気なヒデ子さんと腕を組んだりぎゅっとしたりしたら元気が出た。わたしは80代でこんなふうになれるだろうか。

両親と牛タンを食べ、伊豆沼の蓮を見て帰宅。母の誕生日だからもっとケーキとかご馳走《ちそう》、と思っていたけど、ドラッグストアで冷凍ピザと冷凍餃子とワイン買って食べて、これでいいしこれがいいんだよなあ、みたいな、団欒《だんらん》の、とてもいい時間。

8月31日

せっかく喉の調子が良くなってきたのに車の中でMajiでKoiする5秒前を熱唱して振り出しに戻った。

日記の本番　8月

小学生のとき、ゲームボーイカラーを持っていた。ねだって買って貰った記憶はあるのだが、欲しかったのは「みんなが持っているから」という理由であり、むかしから、ゲーム自体はぜんぜんハマらない性格だった。（ゲームって、でも、現実じゃないしなあ）と、やけに俯瞰して、その時間を有意義に思えないのだった。みんながポケモンをやっているなかで、わたしは「ハムスターパラダイス」というハムスターの育成ゲームをしていた。主人公が謎の組織からハムスターを預けられ、立派に育てる。育つと、その組織がまたやってきて、わたしの育てたハムスターを、「ありがとう、立派に育てられるようになりましたね」と言って魔法少女のような見た目のお姉さんが連れて帰っていく。そうしてまた新しいハムスターを預けられる。その繰り返し。という、今思えばかなり途方に暮れる、暴力的なストーリーだった。しかし、わたしはそのゲームの中でハムスターを死なせてしまったことは一度もないような気がする。育ったあたりで引き取りに来るという設定は、死を体験させないための仕組みだったのではないか。わたしはすぐにそのゲームに飽きたので、本当のストーリーの楽しさはまだ経験していないのかもしれないけれど、いくつかあったゲームソフトの中で、唯一覚えているゲームがそれだ。

わたしが育てることになったハムスターは、ミニゲームやえさやりや掃除をしていない間は、ケージの中をうろうろして、滑車を回し、水を飲んだ。えさやりよりも、その、ランダムな動作でケージの中にいるハムスターをぼーっと眺めているときの画面のほうをよく覚えている。ハムスターは、舐めると水が出るボトルのようなところへ行くと、しつこく水を飲む。するとハムスターの頭上に「+1」「+1」「+1」「+1」と表示され続ける。この「+1」のことを、水を飲むたびにわたしはよく思い出す。

お盆明けに夏風邪を引いて、それが長引いている。最初に咳をしすぎたときに喉を傷つけてしまったらしく、その違和感にまた咳が出て、それが繰り返される。八月後半はどうも常に不機嫌で、さらに仕事の不調が続いていた。仕事が不調だから不機嫌なのか、不機嫌だから仕事が不調なのか。わからないけれど、とにかくいまいちな日々ばかりでとても落ち込んでいた。咳が出るので、とキャンセルした用事の相手に「咳って全身使うからつかれますよね」と言われてはじめて、そうか、咳が出ているから全身がつかれているのか！　いまわたし、つかれやすい状態なのか！　と、体調と仕事をようやく紐づけて考えることができた。原因がわかると体調を治すことを先にしようと思えてちょっと安心する。エホ。と咳が出るたびに「-1」と思う。エホ「-1」。エッホエッホエッホ「-1」「-1」「-1」。わたしはいつのまにか作業室に居る自分のことを俯瞰してみている。あのときケージの中にいたハムスターのように。何度もえさをやり、こまめにケージを掃除して、滑車で運動させて、つやつやの毛並みにして明日を迎える。その繰り返しが、いまのわたしにも求められている。（ゲームって、でも、現実じゃないしなあ）と思っていたが、ゲームでそういう繰り返しを根気よくやる心をもっと養っておくべきだったのではないか。わたしがわたしを育てているとして、いまの、仕事のいまいち捗らないわたしのことをあの魔法少女のようなお姉さんは引き取りに来ないと思う。作家として独立して一年が経つが、いまだに自分にフィットした労働環境がわからない。一週間ごとにとても捗る日と捗らない日のむらがあって、月に数回はとても落ち込んだり怒ったりしている。吟味しているつもりでも、適切な仕事の量がわからない。三か月先のことを考えて仕事を引き受けることが、一年先のわたしにとっても適切だとは限らないからだ。いま自分がなにを引き受け、なにを断るべきなのかわからない。目の前のことだけに必死になって、忙しい、つらい、と思うけれど、わたしの周りの人や仕事相手たちにわたしが忙しいことは関係ない。わたしの勝手で、わたしの好きで忙しいのだということを忘れたくないと思う。そしてそのきもちは、残業を繰り返していた会社員時代のわたしの抱いていたきもちとちっとも変わらない。

わたしはもっとわたしのことを育てなければいけない。あのゲーム画面のようにもっと自分を俯瞰したほうがいい。滑車を回しすぎると、ハムスターはへとへとになって毛並みが悪くなる。ひまわりの種をあげすぎると、あっという間にぽっちゃりする。生活はすべて習慣によって成り立っているのだから、習慣をなんとかするしかない。

もうすこしわたしはわたしのことを育てようとするべきだと思う。根気よく。毛並みよくなったあたりで「ありがとう、立派に育てられるようになりましたね」と言って、あのへんちくりんな髪の毛の謎の組織のお姉さんが、次のどこかへわたしを連れて行ってくれるのかもしれないのだから。

日記の練習　9月

9月1日

どうしてパーマかけたんですか？　と訊かれるたびに、この人はきっと前の髪型のほうが好きだったんだろうなと思う。自分でもうまく言えないけど、皆が好きそうで、自分に似合うこともわかっている髪型でいることが突然ダサいようなきがしてきたんです。とも言えず、いやァ〜イメチェンしたくってねえなどへらへらしてしまう。ややこしいやつである感じを髪型から表したかったというか、なんかもう、わたしがわたしに飽きちゃったんですよね。でも本音を言えばこっちのほうがかわいい！　おしゃれ！　と興奮してほしいと思っていたので、みんながわたしのパーマに困惑しているのはそれなりに凹む。

9月2日

山形でトークイベント。〈Q1〉はすばらしい施設で、すばらしい施設にはすばらしい大人が付きものなのだと実感する。青りんごを貰った一日。

9月3日

山形からきのう中に戻ってきて、倒れるように眠る。やはり自宅のベッドで寝るのがいちばんいい。これまで県外で仕事があるときは日帰りのほうが疲れるのではないかと思って極力宿泊して、翌日街の中を歩いてから午後に帰宅、というようなことをしていたのだが、この頃はもうトークイベント等をしてしまうと次の日は抜け殻になってしまうので、どっちにしても翌日は仕事や観光やだれかとのお茶なんて出来ず水を飲んで何度も眠ることしかできない。それならば無理してでもその日のうちに家に帰ってきていたほうがよい。一泊二日すると帰宅してからの回復に丸一日かかるので、結果ひとつのイベントに丸三日掛けていることになり、そう考えるとまったく儲けにならない。一泊二日で疲労困憊《こんぱい》になるよりも、日帰りの代わりに何度でも行くほうがいいね。好きな仕事だから、やらせていただいているから、折角この場所に来たんだからとついつい欲張りすぎるとかからだが持たない。

9月4日

きょうも朝から某フリースペースで作業。となりのお姉さんがZoomをつないですぐ「おはようございます、おじゃましまーす」と言っており、どんな状況だったとしてもオンライン会議に対して「おじゃましまーす」と入ってくる人のことは、ギリギリ、いいやかも……と思った。

9月5日

9月6日

ロケ。ディレクターさんが普段アクセサリーを着けないので身につけたいと言う。なにも着けてないのもかっこいいですけどね、と言うと「どっかで野垂れ死んだときに歯型でしかわかってもらえないのたいへんじゃん！」とのこと。わたしが死んだらこの歯医者だからね、そこにわたしの歯型があるから！　と歯医者の名前を伝えられたので「なんで白骨化してから見つかる前提なんですか」と笑った。

9月6日夜

久しぶりに「竹を割ったような」と言われた。わたしは今までに数度「竹を割ったような人」と言われているのだが、自分としてはその逆の性格のつもりでいるのでいつも不思議で、夕飯を食べながら夫に言ってみた。「わたしってそんなに竹割ってるかねえ」「割ってるんじゃない？　外では」「じゃあ家では？」「割った竹、撫でてる」「撫でてる……」

9月7日

人生のことを考えてしまうような大きな仕事の話が来て、それからはもうそのことしか考えられなくなった。

9月8日

9月9日

朝、トークイベントを丸々一つやる夢をみてぐったり起きる。進行役の下準備も何もなく、しっちゃかめっちゃかなトークで終始冷や汗をかいていた。英語の先生が「夢で英語を話すようになったら本物」と言っていたことと、俳句の人が「夢で俳句を作るようになった」と言っていたことで、わたしは「夢に見るようになったら本物」と根強く思っているようなところがある。トークイベントを夢に見るようになったら、何の本物なんだろう。

＊

友人が火のついた煙草を二本持って「二刀流！ 大谷翔平〜」と言うので「ばーか」と笑った。こういう「ばーか」を言える相手がどんどん減ってきたような気がする。虎とバナナの靴下を貰ってうれしい一日。

9月10日

「性格悪くならないように、無理しないんだよ」と言われてぐさっときた。ほんとだよな。余裕がないと卑屈になる。

9月11日

仕事は進まなかったが、仕事に準じることにはちゃんと時間を割いたのだからあまり自分を責めないようにしたい一日。大きなゴーヤをふたつ貰ったので、夫が帰ってきたら両手に掲げて見せようと思っていたのにすっかり忘れて1本夕飯に使ってしまった。夫はわたしのゴーヤチャンプルーをうまいうまいとやたら褒めてくれるので、わたしの得意料理はゴーヤチャンプルーになるかもしれない（いまは親子丼）。GeoGuessr というゲームを知り、一回だけやってみたらたまたま出題されたのが銀座で、なんとなく行ったことがある通りにguessしたところ驚くほどハイスコアだった。銀座に詳しくなったかもしれない自分のことがちょっと嫌だった。

9月12日

9月13日

昼過ぎ、打合せのために安藤さんが来て目の前で餅屋の包みを開けだした。こっちは痩せようと努力しているというのに、と思いながら「お茶餅ですか」と言うとにやりと笑い、お茶餅が有名なお店だが、それは大福だった。ひとついりますか、と言うので胡麻大福のほうを貰って食べた。もちゃもちゃ食べながら明日大きな賞の発表日なんですけど、落ちていると思うのでそのあと凹むのだと思うとしんどい、と話すと「お茶餅か大福かもわからなかったひとは落ちてるんじゃないですか」と笑う。むっとしかけたが、落ちてますよと言われたほうが不思議と気持ちは軽くなるもので、「そうかもしれないです」と胡麻だらけの口で笑った。

9月14日

「きょう発表までどうやって過ごすべきだと思う」と尋ねると夫は「寝ていなよ」とやさしく言って出勤した。生理痛が重く、結果的に本当に一日中寝ていた。夕方には結果がわかると思っていたが17時に起きてもまだ結果は来ておらず、最終的な落選の連絡が来たのは20時だった。結果を知って具合が悪くならないように、夜は前の会社の元社長との夕食の予定を入れていた。鰯の芋鮨、鰆の幽庵焼き、角煮、湯葉揚げ。メールをひらき目の前で「だめでした」と言うと元社長は「大丈夫だ、それがなんだっていうんだ」と笑ってくれたけれど、わたしにはまだ、そういう言葉を受け取るにはあまりにも結果を受けてすぐだった。帰り道で夫が「れいちゃんは落ちてないよ、候補作になっただけですごいことで、プラスなことで、もっとプラスにならなかっただけで、ちっとも落ちてないんだよ」と言ってくれたけれど、やっぱり、そういう言葉を受け取るにはあまりにも結果を受けてすぐだった。ひとりでバーへ行こうかとも思ったけれど、そういうげんきがあるわけではなくて、目の端からぼろぼろ涙を溢しながら眠った。

9月15日

悪夢を見たが思い出せないということはそこまでの悪夢ではなかったのかもしれない。

起きては泣き、トイレへ行き、また寝て、起きて泣く。その繰り返し。秋祭りの「やーれやーれやーれやーれ」という掛け声が聞こえてきて本当に嫌だった。何が祭りだよと思う。こっちは落選して落ち込んでいるというのに。あまりにお祭りの音が聞こえるのでその中で落ち込み続けるほうが難しく、仕方なく起きてもち麦と納豆とキャベツの千切りとサラダチキンをぐちゃぐちゃに混ぜたものを食べた。こんな目つきの悪さで明日サイン会なんて無理なんじゃないの。

BOOKNERDへ行き、ふかくさへ行き、前の会社の上司とすれ違い、全員に顔色を心配される。運動をするといい、うまいもんを食べるといい、海へ行くといい、温泉へ行くといい、うんうんうんうんうんぜんぶね、わかってる、知ってる、でもいや。どれも嫌！　自分の手札にある自愛のすべてをしたくないのだった。とはいえ唸り続けるにも限界があり、夕方はバーへ行き、ノンアルコールのモスコミュールを頼むとマスターは「こういうときにお酒に頼らないのはえらい」と言ってくれる。夫と合流して秋祭りをすこしだけ見て、帰宅して、作ってもらったパスタを食べ、それでもやはり不機嫌さが直らない。お祭りを見て夫と会話して食事を取れば機嫌が直ると思っていたのにだめだった。ここまで不機嫌な人間が家に居るのは十分暴力なのではないかとさらに落ち込む。やはりひとりで飲みに行くべきだろうか、しかし……着替えずに項垂《うなだ》れていたら、わたしの落ち込みを察したりんちゃんから近くに居るので飲まないかと誘いが来る。ありがとうりんちゃん。わたしの舟。家を出ると向こう側の歩道をりんちゃんは走って来て、赤信号でその場駆け足したまま「れいんさーん！」と言う。泣きそうになった、というか、一粒だけ泣いた。暗かったから見えなかったと思うけど。何年経ってもこうして「れいんさーん！」と走ってきてくれる人がいれば、わたしは、少なくとも今夜は大丈夫。1時に帰ってきて、なかなか着手できていなかった短篇小説に手を付けて、眠くなって寝る。

9月16日

ストレッチをしてゆっくりシャワーを浴びて化粧をした。午後から「よ市」で出店の間借りさせてもらいサイン会など。いろいろと用意してもらったが人が来なかったらどうしよう、と思っていたら、開始時間には30人くらい並んでくれてアドレナリンが出た。落ち込んでいる暇はない。ひっきりなしにお客さんが来てくれて3時間が一瞬で終わって、終了後もやけに元気であと30人はできるなどと強気を言っていたが打ち上げまでの間の2時間ですっかりぐったりした。「いやあこんなに来るとは」と言いながらみんな疲れていておもしろかった。一仕事、って感じだった。えび天をもらい、ひじきの煮物を残した。大学の喫煙所に居る人のものまねを見て腹を抱えて笑った。帰り道ひとりで川を眺めながら、あしたからはもう大丈夫だって思った。

9月17日
山に登ったが霧で何も見えなかった。

9月18日

9月19日
どんな人が好きかと聞かれたので「墓参り好きそうな人」と咄嗟《とっさ》に答えた。

9月20日
木曜日みたいな水曜日。

9月21日
金曜日みたいな木曜日。

9月22日

夕飯が出来上がると夫がワインを飲もうと言う。ワインをよくいただくのに我が家にはまともなワインオープナーがないため、缶切りにくっついているささやかなネジのようなもので大変苦戦しながら開けた。絶対にちゃんとしたワインオープナーがあればしなくていい苦労なのに、いろいろやって缶切りを使って結局開いてしまうせいで我が家は一向にまともなワインオープナーを買わないのだ。夫はずっと効率よく確実に開けられる方法を調べており、わたしはとにかく作ったばかりの料理が冷めることに耐えられず力ずくで引っこ抜こうとした。前も結局力ずくで開いたからだ。今回は力ずくではなかなかうまくいかず、結果的に夫が長考の末発見した方法で抜けた。抜けるや否や夫があきれ顔でそもそもこれはれいちゃんが最初に深く差し込みすぎたので抜くことが出来ず云々と言い出したので「ごちゃごちゃうるせえ開いたらまずはわーいだろうが」と暴言を吐いた。「開いたらまずはわーいだろうが」。わたしは問題にぶち当たったときにとにかく感覚と力ずくで突き進むので、まずは立ち止まって考えましょうと夫が言いはじめるとじれったくていらいらしてしまう。ワインを注いで乾杯する頃にはスープはすっかり冷めていた。とはいえおいしく、お腹がいっぱいになってきてさっきのは言いすぎたと思って謝った。謝ったがこれからも夫が眼鏡を光らせて考え出すたびにわたしはごちゃごちゃうるせえと言ってしまうと思う。

9月23日

高校時代の恩師と数年ぶりに会った。「16歳のとき、玲音は『わたしはとにかく人をびっくりさせたいんですよ』と言っていたけど、今も相変わらずそう思いながら書いているでしょう」と言われてびっくりした。自分に自信がないときいつもわたしは（どうやったらもっと驚いて貰えるんだろう）とばかり考えてしまうのだけれど、高校のときからそんなこと言っていたなんてぜんぜん覚えていなかった。

帰宅して夫に午後の予定を尋ねられ「海に行きたい！」と思い付きで言ったら夫はすぐに家を出る用意をしてくれたけれど、自分でも原稿から逃げているだけだとわかっていたので「ごめん、海はなんというか逃避の海なので行かなくていい、行かないほうがいいです」と白状し、しぶしぶ仕事をした。

9月23日　18時

海に行っときゃよかったかもしれない。

9月23日　27時

書き終わった。やれば終わる……海に行かなくてよかった。

9月24日

音楽フェスがあったので音楽フェスっぽい格好をしたが特に目当てのアーティストはいない。若人は元気だのうと思いながら結局友人とドトールでタピオカを飲んだが、元気じゃないのはきのう夜更かししたからだと思う。

9月25日

サイト自体が潰れてしまい、わたしの力ではもう見ることができなくなっている昔のブログをゆきちゃんは画面保存して持っているというので、ゆきちゃんのガラケーでそれを見る会をした。うわあ～、と言っていたら4時間経っていて、プールに入り終わったようにぐったりした。10年間わたしはほとんど同じことを言い続けているということがわかった。

夜8時過ぎまで仕事して家に帰ったら急にすべてが不安になってしまい泣きじゃくっ

た。夫は寝室で潰れているわたしの腹の上にたくさんぬいぐるみを並べて「こりゃだめだ」「こりゃだめだね」と一匹一匹違う声色で言わせた。家じゅうのすべてのぬいぐるみを並べ終わるまでそれは続いて、最後の一匹が「こりゃだめだ」と言うのを聞いて、力なく笑って、でも、たすかった、と思いながら寝た。

9月26日

9月27日

9月28日

母と名古屋へ。味噌煮込みうどんと、半田の新見南吉記念館と、ひつまぶし。伊勢のタクシーは夜ほとんど機能していないということがわかった。

9月29日

伊勢神宮で月を見た。一生分の親孝行をしたような思いあがった気持ちになるけれど、親孝行は親のためではなくて自分のためにするものであるような気がした。

9月30日

伊勢のタクシーは朝ほとんど機能していないということがわかった。名古屋でサイン会。ものすごい人数。福岡から来てくれた子が感極まって泣いてしまい、自分に会うことで感極まって泣く人がいるという今の状況があまり信じられずへらへらしてしまった。花火貰った。花火貰うのはうれしいけど、火をつけたらぜんぶ終わってしまうのがこわくてこれはいつまでも火をつけられないぞ。

日記の本番　9月

ゆきちゃんのガラケーを借りて、10年前書いた日記を読んだ。高校生の時にわたしが日記を書いていた「ホムペ」は、サービスが終了してしまったのでもう二度と見ることができない。もう一文字も読み返すことがないと思っていた日記を大事に保存してくれていた人がいて、その人が、仙台のサイン会でそのことを教えてくれなければ、わたしはもう一生高校生の時の自分が書いていた日記を読み返すことはできなかったと思う。ほとんど毎日のように日記を書いていた。おそらく、賞をとれなかった文芸部時代のぼやきや、可愛いクラスメイトをひがむようなことばかり書いていたと思う。それなのに、10年前のゆきちゃんが読み返したいと思って画面メモをしてくれていた日記しか読み返すことができなかったから、わたしの日記の中でも、とてもよく書けたものだけを読めたのは幸いだったと思う。わたしの日記は思ったよりもずっと読みやすく、思ったよりもずっとうっとりとしていて、思ったよりもずっとかっこつけで、思ったよりもずっと、いまと同じようなことを言っていると思った。白い背景に、濃い目の灰色の文字。そうだった。あのとき、フリック入力なんてないガラケーで、どうやって文字を打っていたのかまで思い出すことができた。ゆきちゃんがわたしの日記を見せるために電源を入れてくれたガラケーはドコモのＳＨのやつで、起動されると側面がグラデーションで青く光った。

もう15年前くらいからずっと日記を続けている。「ずっと続けている」というわりには、正確にはファーストシーズン、セカンドシーズン、のように、ブログを変えて、消しては新しいものを建てて、という形で、1年〜2年、早ければ3か月ほどでつぎつぎ乗り換えているから、わたしももう連続してそれを読み返すことができない。毎日書いていたわけでもなく、更新頻度には本当にむらがある。ノートに直筆で日記を書こうと試みたこともあったが、本当にまったく続かなかった。わたしはとにかく、静かなインターネットに日記を放ち、誰かが読んでくれるという前提で日記を書くのが好きだったのだと思う。Twitterというものが現れてからはそれで言いたいことが事足りたように思われる時期もあったけれど、なんか違う、と思うのだった。こんなに簡単にリアクションがもらえてしまうのは、うれしいけれど、なんか、ぜんぜんぺらっぺらのシールのようで不服だった。だからTwitterをたくさんしながら、日記は続けていた。わたしは指先ひとつのウインクみたいな好意ではなく、日記を通してもっともっと、悔しいに似た好意を寄せてもらえるようになりたい、というような気持ちだったのだと思う。バズりたいのではなくて、誰かひとりの人生がどうしようもなくなるような日記を書きたかった。それは紛れもなくわたしが、あるひとのブログを読んで人生がおかしくなったって思っているからだと思う。

高校生の時は文芸部でのことと、きらいな高校生のこと。大学生の時は短歌サークルでのことと、きらいな大学生のことを書いていた。働くようになってからは、働く自分のことを俯瞰するような日記に変わった。そのすべてで恋をしていて、恋をするともう、恋の日記しか書かなくなってしまって、その恋がすこし冷めたあたりで、ブログをさっと変えるのだった。ここまで書いてみて、考えてみて、わたしはもしかして日記を続けていたわけではなくて、恋をし続けていたのかもしれないな、と思いぞっとした。けれどたぶん、結構そうだ。「どうしたら書き続けることができますか」「原動力は何ですか」と必ずと言っていいほどトークイベントでは訊かれるけれど、わたしの場合、何か書こうと思うときはわたしがわたしにうっとりしているときでなければうまくいかない。だから、恋しているか、恋に準じた何かをし続けているからこそ、わたしはこうして書き続けているのだと思う。うっとりしていなくても、うっとりしすぎていても、日記はうまく書けない。そして日記のことを考えるときは、たいてい、その日記があまりうまくいかなくなっているときなのだ。

日記の練習　10月

10月1日
10月2日
10月3日
10月4日

3日だと思ってまだ東京出張まで日があると思っていたらきょうが4日だった。1日分想定がずれて予定がめちゃくちゃに。

ニュースを見ていると気が滅入るが、自分のスケジュールを見ているとありがたいものばかりで元気が出て、しかしほんとうにうまくやれるのか心配で出たばかりの元気がなくなる。

10月5日

10月6日
言うはずなかったことをたくさん言って言いながら後悔した。

10月7日

10月8日

10月9日

10月10日

10月11日
「わたしはエンターがデカくないとだめなんだ」と返信。

10月12日
東京出張で千冊越えのサインを終え、打合せを2件、5人との会食をし、短歌の全国大会に出て、帰ってきたその夜から三日間友人に盛岡を案内しまくり、一通りそれが終わってすっかりぼんやりしてしまった。すじこと葱とえのきを買って帰ったら、葱とえのきはもう冷蔵庫にあった。

10月13日

10月14日

10月15日

10月16日

10月17日

10月18日

日記が日々を追い越してしまっても、日々が日記を追い越してしまっても、日記を書くことができなくなる。日記を書くことが出来る日というのは、一日に起こることが日記に適切なサイズの日だよなあと思いながら空白の日付を眺めている。適切なサイズにするためには、同じ時間に机に向かっていたほうが良いような気がする。明日から出来るだけそうする。

10月19日　10時

9時までに化粧を終えていない一日はもうだめ、と思い込みすぎている。きょうはもうだめ、とも言っていられず、とにかくTodoistを書き出してベランダに出てコーヒーを飲んで伸びをした。きょうは手紙を書く用事が3つある。

先日大家さんに頼んで直してもらった室外機のホースがすっかり綺麗になって白蛇のようでかわいい。あすの9時に直しに行っていいですかと言われてはい構いませんと即答できるのは平日も出社する必要のない自営業であるからという感じがする。やっぱりずっとこころのどこかで自営業はふつうじゃない仕事だという負い目のようなものがある。自営業には自営業の大変さがあるってこともう十分わかっているはずなのに、何時にどこへ行ってもよい気楽さのようなものを申し訳なく感じる。これは仕事、これは仕事、と唱えるようにして今日も机に向かう。なかなか大変だと思う原稿を前にしながら思うのは、まったく締切の関係ないあたらしい短篇小説を書いてみたいということで、書くことから逃れても書こうと思っているのだからまだ大丈夫だ、と思おうとするが、かと言ってその短篇をぐおーっと書き上げてしまうようなパワーもなく、とにかく、書いている量に対して自分の納得が伴わなくなってきている感じがする。仕事ができる人でいたい、と長らく思い続けていたが、仕事をしているだけで十分えらいじゃないかと思って、仕事をしすぎている人に唐突に「仕事をしているというだけでもうとてもえらいです」と送った。

＊

昔「気に入られるのがうまい」みたいにわたしの社交性をとても下品なものとして言われたことがあって、そうかわたしは人に気に入られようとしているのだろうかと自分でも悩んだことがあったが、今思い返すに、わたしは気に入られるのがうまいのではなくて、気に入るのが上手かったのだと思う。気に入った人には気に入られる。気に入るのがうまいんだわたしは。

10月20日

昼前まで寝ていた。生理前後、毎度こうして強烈な眠気に襲われて半日無駄にしてしまうのを冬眠のようだと思う。午後から慌てて仕事。

10月21日

夫はキングオブコントのために実家へ帰った。夫の思う存分の笑い声があまりに大きくて、わたしが不機嫌になってしまうためだ。お笑いの大会とサッカーの大会の時はそうするようになった。夫が好きなだけ笑うことを出来るだけ肯定したいと思っているのだが、夫の大きな笑い声だけはどうしても苦手で、申し訳ないと思いつつも、家を空けると言ってくれる夫の申し出をいまのところはありがたく受け取っている。

友人の子にかぼちゃのマントを買って、大学の時に一度だけ使ったウォーリーの仮装を引っ張り出して、ハロウィンのイベントに行った。商店街の人たちの本気の仮装に子は完全に怯えて絶叫しながらこわがってしまい、滞在はものの10分ほどだったが、わたしが照れつつウォーリーの服で歩き回れる限界も10分だった。

10月22日

きょうは夕方までずっとベッドに居た。やらなければならないことはたくさんあるのだけれど、そういうものがぜんぶ、ちょっと一旦どうでもよくなってしまって、怠惰に眠ることがいちばんやりたいことだと思ったからそうした。

買い物のために外へ出るともう冬の寒さで、まさか、と深く息を吐いたけれどまだ息が白くはなくて、ちょっと安心した。山のてっぺんに雪が積もっている。

名付けのことを考えた。また、目の前の短篇から逃げてあたらしい書きたいもののことを考えている。わたしは小説の中の登場人物の名付けにいつも悩む。ま行の女の人の名前にどこか憧れがあるらしく、いつも主人公の名前が似通う。まみことか、まことか。一度だけ、「わたしの名前つかってくれてうれしかった」と言われたことがあって、わたしはその人の苗字しか覚えていなかったからそんなつもりじゃなかった。そんなつもりじゃないのにそうなってしまうことがこわくて、知り合いに居ない名前を出来るだけつけようとするようになった。でも、わたしが好きな名前って、わたしが好きな人たちの名前だから、どうしても似そうになる。

子どものいる人生とそうでない人生のことを考えて２０００字くらい書いて消した。別に見せたい気持ちじゃない。

10月23日

ゆかりとわかめのおにぎりを作って、夫と一緒に家を出た。大通りにぎっしりとスーツの人たちがいて、みな各々の会社に向かって歩いている。そこに混ざってわたしも作業場まで歩いた。黒いコート、黒いスーツの人が、下を向くでも上を向くでもなく、慣れた素振りで歩いている。

原稿二本終え、ぐんと眠くなってすこし寝る。

隣でみかん食べてるひとのいいにおいがして起きる。他人の食べているみかんってどうしてこんなにおいしそうな匂いがするんだろう。

10月24日

きょうもそこまでする必要がないことに時間を割いてしまった。いつも（せっかくなら）と請け負わなくてもいいところまで自分の責任を広げたのちに突然（いまなにやってんだっけ）と我に返り、その単純で手間のかかる業務の多さにうっと立《た》ち眩《くら》みがする。人に頼むことがいつまでたっても得意にならなくて、それは、自分がやったほうが絶対にうまくいくからなのだけれど、それは余裕のある自分がやれば、の話であって、忙しい自分は思っている以上になにもできない。

＊

和菓子屋で栗まんじゅうとどら焼きを買って店を出ると白鳥の声が聞こえて、見上げると二羽いた。同じように喉をすっかり見せて上を向いている人たちが五人ほどいて、全員が（冬じゃん）と思ったのが分かった。白鳥を見上げているうちはまだ秋だ。白鳥の鳴き声をとっくに聞き慣れて、いちいち姿を探さなくなってきてからが、冬。

＊

「香り松茸味しめじ」のことを、匂いだけそれっぽくしたにせもの、という意味だとこれまでずっと思っていた。香りは松茸が最高で、味はしめじが最高、各々最高なところってあるじゃん！　という意味らしい。危なかった。

10月24日　23時

10月の日記すべてを微修正した。

10月25日

10月26日

ラジオの収録。聞こえるのは声だけれど、ラジオは目と息を使うものなのかもしれないと思った。シークヮーサーのどあめを貰った。シークヮーサーの旬は秋らしい。

10月27日

2冊の重版の連絡が重なって一日中動悸がしていた。うれしい反面こわい。「重版しているらしいけれどどこがいいのかわからなかった」「ぜんぜんよくない作品だった」など、冷たい反響が増えるということかもしれず、そんなコメントをひとつも目にしていないのに落ち込む。午後、仕事の関係でお酒を造っている蔵の見学をさせてもらう。たくさんのタンク。たくさんの一升瓶。抱えきれないほどの泡。ぶかぶかの白衣をきて「ほー」とばかり言っていた。化粧をしていたとしても、おでこを出すとわたしはいつでも中学生のような顔になるなあ。

帰宅する頃には重版のよろこびがすっかりプレッシャーに転じており、帰宅しても一向に「おめでとう」と言ってくれなかった夫に怒りをぶつけた。「いま祝ってくれないと重版が当たり前になって、重版できなかった時にめちゃくちゃ落ち込むようになるけど、いいの」「わたしは誕生日よりも重版がうれしいけど、あなたはわたしが重版することにすこし慣れすぎたのではないか」と責めた。夫はほんとうにおれが悪いとしおしおしていた。あまりにしおしおしたのでわたしも内心おろおろしてしまったがここで「謝らせてごめん」「仕事で疲れているあなたにこんなことを言うわたしがわるい」などと言い出したらあまりにも自分勝手すぎるので、怒ったからには怒り続けなければ、とぷりぷりしたまま就寝。

10月28日

夫と彫刻をたくさん見に行った。自分なりに自分の機嫌をとるために彫刻を見たいと思ったのだ。帰り道、重版祝いにと夫が花をくれた。「おそい！」と言いつつ、ぜんぶ許すことにした。

10月29日

トークイベント。東京から担当編集さんが来てくれてうれしい。うれしかったのでわんこそばのハンカチを二枚買ってお揃いにした。わんこそばのハンカチがあるなんてきょう初めて知った。月初に「くどうれいんはもっと『お前が来い』という気持ちを大事にしたほうがいいんじゃないの」と信頼している人に言われて、それをずっと気にしていたので、申し訳ないと思いつつも担当さんが来てくれたのはうれしかった。たしかに近ごろのわたしは「次いつ東京に来るんですか」に対して「会いたいならお前が来いよ」となかなか言えていなかったように思う。来年は出来るだけ「おまえが来い」の一年にしたい。夫に精神面のケアをしてもらいすぎるのはよくないので、事務所や秘書など、もっとビジネスライクに作家をがんばるためにどうしたらいいか相談すると、担当さんは「くどうさん、孤独でしたよね」としみじみ言ってくれた。そんなつもりは無かったけれど、孤独だったのかもしれない、と思った。

帰宅すると夫がいそいそ何かを用意しており、クラッカーとくす玉と風船だった。もう祝われ切ったもんだと思っていたからうれしかった。誕生日より重版がうれしいと言ったから、誕生日よりもすこし派手にしてくれていたのだと思ったらうれしくて申し訳なくて、お祝いしてほしいと怒ってごめん、と言おうと思ったが、やはり先に怒った人がごめんと言うのはずるいから「ありがとう」とだけたくさん言った。

10月30日

わたしより年上で、わたしより手が小さい人に出会ったのははじめてだったので感動した。白子ポン酢や白子の天ぷらって、いつもどのくらい出てくるかわからなくて賭けみたいなところがある。

10月31日

夜、原稿を書いていたら夫がなにか企んでいる空気がした。敢えて振り返らずにいたがなかなかこちらに来ず、心配になり、振り返ってみるとおばけになるためにシーツを被ったまま、眼鏡をうまくかけることが出来なくてあたふたしているようだった。おばけの目の位置を調整して、丸い伊達眼鏡をかけてあげると、眼鏡おばけは指先をぐっと丸めてガッツポーズをした。そういえばおばけのガッツポーズって見たことがないな、と思っておかしかった。ハッピーハロウィン。

日記の本番　10月

先行きが不安になると会社勤めの人たちと同じ行動をしたくなる。だから8時には家を出て、出勤ラッシュのスーツの波に飲まれながら作業場まで歩く。働いていた四年間は車通勤をしていて、いつも会社にいちばん近い駐車場に停めて、始業ギリギリの時間に滑り込むように到着していたから、実際はこんな風にたくさんの通勤者と共に歩いていたわけではない。しかし、会社があり、出勤がある人たちと共に歩いていると、自分がこれからしようとしている執筆が「業務」であると強く自覚することができて安心する。しかしまあ、会社勤めの人たちは本当に機械のような顔で機械のように歩いている、と、思ってしまったが、それはこちらがそういう風に見ようとしているだけだ。にここ歩いているほうがこわい。

ご職業は、と聞かれて「自営業です」と答えることにようやく慣れてきた。どういった、と踏み込んで尋ねられたときには「小説家です」と便宜上答えている。「作家です」と答えると、世の中の人は思った以上に「ハンドメイド作家」を思い浮かべるらしい。書いて食っている、ということを面倒な説明なしで答えようとすると「小説家です」と答えるのがいちばん手っ取り早いということになる。自営業だと答えると、相手がちょっと舐めてきているのがわかってしまうときがあってくやしい。わたしの見た目がよっぽど幼いのか、拙いのか、小説家ですと言うとたいてい「えっ」と硬直し、敬語がちゃんとした敬語になる。ほんとうにわたしが小説家だったとして、小説家というものはそんなに偉いのだろうか、といつも思う。

独立するとき、自分が独立するのがとてもこわかったのは、この田舎で育って、創作や制作をする自営業の人を見たことがほとんどなかったからだと思う。自営業と言えば農家か飲食店のことであり、ライターだのデザイナーだの編集者だのという職業の人は盛岡には一人もいないんじゃないかとすら思っていた。東京の友人たちはあくまで転職の一つのようにころっと独立したりしていたが、わたしはやはり会社勤めができる人のことをいちばんに「まとも」だと思っていた。フリーランスになるのは「社会に甘え妙な自己実現をしようとしている怪しい人」か、「よっぽど才能がある人」なのだと信じて疑わなかった。いまは自分一人で仕事をすることの厳しさを十分感じている。会社にいる中でも仕事ができる人でないと、フリーランスになってもうまくいかないということがよく分かった。経理と総務と営業をすべて自分でやるということだから当たり前なのだけれど、フリーランスに対してフーテンな印象を持ちすぎていた自分に反省している。働くってのはつくづく事務だ。どんな職になったとしてもわたしたちは事務から逃れることはできない。なんとか食らいついて自営業をやっているものの、いまのわたしは自分のことを十分に「社会に甘え妙な自己実現をしようとしている怪しい人」だと思うし、「よっぽど才能がある人」だとも、思っている。

わたしはいまでも会社に所属して働いている人がいちばんかっこいいと思っている。チームで働いて、判子でできることがきまる社会に対する濃い憧れがある。働くときに仲間がいるということの力強さに焦がれているのかもしれない。作家でいながらにしてどうやったらもっと「業務」らしく仕事をすることができるのか、もう一年以上ずっと模索しているが、書きたいというきもちや書けるという自信にはまったくもってむらがあるから、いまのように過労とバケーションを往復する生活に順応するほうが早いのかもしれない。

作業場にしているフリースペースはオフィスビルの中にあるので、オフィスで働く人々がたくさんいる。お昼になるとみなくたくたになりながらカップスープを食べたり、みかんを剥いたりして、深いため息をなんどもついて、やれやれとオフィスへ戻ってゆく。それがうらやましい。わたしはみかんの匂いとため息の充満した昼休憩終わりのフリースペースで、どうすれば「まとも」でいられるのかを考えている。

日記の練習　11月

11月1日

何もかもが手遅れな一日。忙しさに追い詰められたら、むくむくとどこかへ行きたくなって咄嗟に11月中の京都行きを決めた。格安航空が格安でびっくり。はじめて飛行機にひとりで乗るんだと思ったらもう緊張してきた。わたしは生活に過度な負荷が掛かりはじめると、忙しさの中を飛び出すように、スケジュールを無理やり突き破って突拍子もない遠出を試みようと思うところがあるから、おそらくこれは疲れているんだな、と自覚する。からだを守る。けれど、勢いでしかできないこともたくさんある。だから京都に行く。

11月2日

5時に起きて仕事。3本原稿書く。11時過ぎ、ゆりちゃんの個展にはどうしてもチューリップを送りたくていつもの花屋へ。黄色二本と白一本。白はもうくたっとしているから、と値引きしてもらう。花瓶も一緒に買って、水入れてもらってそのままBOOKNERDへ。ゆりちゃんに、迷惑でなければ花瓶も一緒にどうぞ、と言うと「すご」と笑っていた。

仙台へ。仙台駅には「SENDAI」と型どられたオレンジ色の大きな看板があり、女の子たちがでかいSやでかいDに思い思い抱きついたりして写真を撮っている。そんなフォトスポット、わたしの頃はなかったぞ。学生時代に住んでいたのはもう6、7年前のことで、さすがに街並みも変わっており、こんなんあったっけ、と、これなくなってんのか、の連続である。着たかったニットとコートを持っていったのに夏のように暑く、完全に見誤った。目的のライブはとても良かった。最後の一曲が特に。でもだれにもそのことを教えたくないようなきもちになった。なんでも書くと思うなよ。

11月3日

その古着屋さんは店内でオンライン販売用の商品を撮影しているようで、わたしが入店したがっていると気がつくと、すぐに店内の明かりをつけてくれた。店内ではスピッツが流れていて、かわいいニットと、かわいいサロペットと、かわいいナイキのジャンパーがあった。たるたるしていてかわいいニットのカーディガンを買うか悩んではじめて店員さんを見ると、おじさんだと思っていた店員さんは同い年くらいか下手したら年下かもしれず、けれどよく見ると全然年上のかわいいおじさんかも知れない可能性もあった。（おじ……おに……おじ……）と思っていたら悩むことに集中できなくなってしまい、また来ますと言って退店した。もう来ないだろうと思いながらやんわりと接客を断って退店したいとき、わたしはいつも「また来ます」と言う。うそついたなあ、と思いながら。

11月4日

パァクでホットケーキを食べ、よ市では牡蠣とつぶ貝と焼き団子と納豆巻きと焼き鳥と燻製ナッツを買って、それから冷麺を食べに行った。そうしてともだちが出来た。ともだちになってください、とだれかに伝えるのは、本当に本当に、何年ぶりのことだろう。とても緊張してそう伝えると、彼女は両手を前に出して、れいんさんとそれまで呼んでいたのを「れいんちゃん」と言った。びっくりして両耳がぱちぱちした。ともだちができるのはとてもうれしいことだと思った。

11月5日

上白石萌音さんのコンサートのために仙台へ。こんなに大きな会場でのコンサートは久しぶり。パワフルで繊細でかわいくてかっこよくてやさしくていじわるで、なんて素敵な人なんだろうとすっかりメロメロになってしまった。歌がとても上手い。歌が、本当に上手い。メロメロのまま会場を出ると野球が盛り上がっていたので、帰りの新幹線に乗る直前までHUBで阪神が優勝するところを見ていた。阪神に何か思い入れがあるわけではなかったけれど、がんばった誰かがでっかく勝つのを見たいという欲求があった。萌音さんの歌声のことばかり思い返しながら、蓄光のようにぽうっとひかりつつ就寝。

11月6日

朝から夕方まで某撮影の立ち合い。きらびやかな業界というものは本当にあって、それが日常になる生活もあるんだよなあ、とぼんやり思う。編集長の連れて行ってくれた居酒屋が渋くすばらしかった。フライドポテトを頼むと「芋がないので無理」と言われ、内心しょげつつもわかりましたと答えると30分後にフライドポテトが出てきて「いま芋買ってきた」と言われてたまげた。生のじゃがいもから作るフライドポテトは格別においしかった。

11月7日

コンビニの中ですれ違った若いサラリーマンが「まじでうちの会社の自販機ってセンスねえよなあ、そう思わねえ？」と言っていた。

11月8日

5時に目が覚めたのでそのまま仕事。ゲラを一冊分確認し終え、ちいさな原稿を出し、必要な書類を3件書いてからヘアメイクをしてもらいロケへ。蕎麦打ちの師匠である七十代の女性は「しあわせ！」と「すてきね！」が口癖で、「これからおじいちゃんおばあちゃんばっかりの国になるんだから、おばあちゃんはますますチャーミングでないと！」と笑うので感動した。亡くなった夫のことを「天国と遠距離恋愛しているのよ〜！」と笑い、「地球は質量保存でしょ、だからかなしいときはその分誰かがよろこんでくれてるはずだし、わたしが太った分だれかがスリムになっているって思えば大丈夫よ〜落ち込んだって地球は終わらないし、わたしが太っても地球はしずまないし！」という調子であまりにも畳みかけるように名言が飛び出すので終盤はもう「わかったわかった」みたいになってしまいつつ5人前の蕎麦打ちを終え、ぎゅっと抱きしめ合って解散。帰宅すると顔面にパイ投げをされたみたいにつかれた。パイ投げされたこと、ないけど。

11月9日

久々に会議らしい会議に参加。営業だった時の血が騒いでついつい前のめりに口を出しすぎてしまう。でっかいホワイトボードを久しぶりに見た。
帰宅すると廊下には金テープが大量に垂れ下がっており、「おめでと〜!」と夫に出迎えられる。誕生日は明日だが前夜祭とのこと。壁に「HAPPY BIRTHDAY」の風船が貼られている。クラッカーの眩しいラメを浴び、おお、祝福されている。と思う。まぶしいとめでたいきもちになる。24時になった瞬間夫はスティービーワンダーのハッピーバースデーを流しながら踊り出し、良い化粧水をくれた。

11月10日

夫が休みを取ってくれたのでふたりで平日しかやっていない大好きなうどん屋さんへ

行き、うまいうまいと鼻を膨らませた。いつもの花屋で好きな花を選んで花束にしてもらい、バターケーキの美味しいお店でケーキを買った。夜にインスタライブを30分ほど。終わるとキコから「ビジュよかった」と連絡が来て「ビジュて」と言いながらうれしい。夕飯食べ終えて、『Ｃｏｄａ コーダ あいのうた』観て顔がなくなっちゃうくらい泣いた。

11月11日

宇宙館へ行って3Ｄ眼鏡を掛けた。宇宙にまつわる映像の時にしか聞くことのない「ホワァ〜フワャ〜」的なＢＧＭが流れて、（宇宙にまつわる映像の時にしか聞くことのないＢＧＭだ）と思った。星座の説明は見たことがあるけれど、いかに宇宙が広いのかを視覚的に説明されたことは無かったのでとても新鮮で、宇宙のあまりの規模の大きさに途方に暮れた。宇宙の大きさに比べれば自分の悩み事なんて云々、というような物言いは好きではないのだが、さすがに宇宙の大きさが桁違いすぎて、人生がどうでもよくなりかけて「はは」と乾いた笑いが出た。通りかかったたこ焼き屋さんがとても美味しそうな予感がして入店。たこのバルーンがあるたこ焼き屋さんは間違いないと信じているところがある。美味しかった。花束を貰ってうれしい一日。

11月12日

11月13日

11月14日

ラジオの収録を終えてコインパーキングの精算をしようとすると見事に小銭がなく、千円札もない。遠いセブンイレブンと遠いローソンと悩んで遠いセブンイレブンへ行き、わざわざ来てグミひとつだけ買うのも癪《しゃく》だったのでフリーズドライのスープを三つも買ってしまった。

11月15日

たまたま鉢合わせてしまったらしい大学生4人が、ダウ90000のような絶妙な空気感で会話ともつかない会話をしていて興奮した。

夜はキコと安藤さんと平興酒店へ。将棋名人だという常連相手にキコが挑み、日本酒をすいすい飲みながらふたりが将棋を指すのを見ていた。わたしは将棋のことはくわしくないのだけれど、周りで見ていたおじさんたちが「これは藤井聡太の指し方だ……」とわらわら集まってきて本気で顎を擦りながら唸るのでおもしろかった。記者をしているお兄さんと意気投合し四人で飲みなおして全員へべれけ。大イチョウの話をしながら帰宅。

11月16日

「谷」を「せ」と読むことがあるという事実を、一度も受け入れられたことがない。長谷川の「せ」と出会うたびに、(「せ」〜?!)と思う。

11月17日

突然の高熱。(京都……)と嫌な予感がしつつ発熱外来へ行くもコロナもインフルも陰性。こんなに高熱でどちらでもないわけないと思うんだけど、もう一度検査しないと本当のところはわからない。情けない情けないと思いながら明日の登壇イベントの担当者に体調不良の連絡を入れて唸りつつ就寝。40度。

11月18日

4時に起きる。40度。高熱下がらず。解熱剤も効かず。意識が朦朧《もうろう》としたため、救急車を呼んでもらう。病室までの記憶はほぼないが、救急車の中で職業を聞かれ「自営業です」と答えると「もう少し詳しく聞いていい? どんな自営業?」と言われたことだけは覚えている。点滴を打ってもらってようやく熱が38度に。再検査の結果インフルエンザだった。そうわかったとたんに断る仕事が三つあり、まずは楽しみにしていたきょうの登壇を正式に断る。本当に申し訳なくてちいさくなる。京都行きも無理だ、しかしキャンセル手続きをする気力がない。

11月19日
まだ40度。大切にとっておいたいただきものの千疋屋のゼリーをがぶがぶ食べる。

11月20日
ようやく平熱になるも頭を使った作業はほとんどできない。昼に少し寝るとすごい夢。泣きながら起きる。豪華客船に知らない人たちがたくさんいて、彼らがみな「あなたの書いた登場人物です」と名乗り「おねがい、書いて」「さあ、書いて」と、最後は大団円で送りだされる夢だった。やたらやる気が出る。高熱で吉夢を見るだなんてめずらしい。むん、と意気込んで京都のフライトをキャンセルする。キャンセル料は一万円。一万円で済んでよかったなという気持ちのほうが強い。

11月21日

11月22日

コインランドリーでシーツと布団と毛布をがんがん洗濯して乾かした。

11月23日

夜はトークイベント。控室ではういろうと白パンとおいなりさんとケークサレとうまい棒と柿（かたい）を出してもらい、何でもありでたのしかった。サイン会のときに「元気が出る四字熟語書いてほしい」と言われて、そういうのマジでやってないんだけどなと思い「日本酒が好きなんでね」と言いながら〈表面張力〉と書くと、「わあ、なるほど……！」とやたら感動されてしまい、ふざけて書いていることを理解してもらえたのか不安。

イベント終えたら大雨。走り去るように車に乗り込んで「ありがとうございましたーっ」と窓から腕を出して手を振ったのはちょっとパンダコパンダっぽかったと思う。

11月24日

いつもの作業場。コストコのしいたけのチップスの話をしている人たちがいて、このふたりはここのところお昼になるたびに美味しいものの情報を交換している。「げきうま〜！」と盛り上がっている。「げきうま〜！」だって。今度わたしもそう言いたい。

11月25日

夫と慰安旅行のため東京へ。さいたま国際芸術祭へ行ってから、ジョナス・メカス目当てで埼玉県立近代美術館へ。潘逸舟の「波を掃除する人」があまりに素晴らしく、しばらく立ち尽くして観ていた。ＴＡＢＦへ行き会いたかった人に会い、台湾の画家の絵を買った。思えば東京で絵を買うのは初めてのことで、絵は買った後も持ち歩かねばならないのだと知る。折り目をつけないまま持ち帰ろうとするのはケーキを運ぶときのそれと似ていて、急にこのあとの予定すべてに緊張感が出た。

11月26日

東京なのに寒い。tofubeats の10周年ライブはあまりにかっこよく、ライブ前に引き換えたビールを結局一口も飲まないままただただ圧倒されていた。二日続けて二万歩近く歩いたのでさすがに踵《かかと》の骨が悲鳴を上げている。帰りのコンビニでふくらはぎに貼るリフレッシュ用の湿布と、足の裏に貼るシートを買った。足の裏に貼るほうは、寝ている間に老廃物を排出させるというもので、効果がある人ほど使用後のシートがべったりと黒くなるらしい。わたしは「効果があるほどに黒くなる」というタイプの商品を一度も信じていないが、効きそうなものにはすべて頼らねばと買った。ホテルに着き、疲れすぎて足に何も貼らずにそのまま寝てしまった。

11月27日

朝から既に足が痛い。麻布台ヒルズをぐるっと見てへーと言う。帰りの新幹線でねぎとろ巻を食べごきげん。盛岡に着いて「さむっ!」と言う準備をしていたが東京も寒かったため思ったよりも平気。帰宅し、荷解きをせずに明日の用意をする。昨日使わなかった湿布と足の裏のシートを貼っていそいで眠る。

11月28日

早起き。剥がすと足の裏のシートは真っ黒に汚くなっていて「きも」という声がしみじみと出る。足の疲れは驚くほど回復した。いま「その足の裏のシートで老廃物を排出したから楽になった、ほーら老廃物で真っ黒!」と言われたら納得してしまいそうでくやしい。仕事のため日帰りで東京へ。自宅の寝室で眠るほうが体力が回復するだろうと延泊せず一度盛岡に帰ったのはとても良い判断だったと思う。

打合せのためにフレンチカフェに入って注文をすると、隣に座る担当編集が「とんび」と突然言うので「とんび？」とわくわく聞き返した。「いま、とんびの声しましたよね」。ここは原宿である。またまた、と思っていたら本当に店員呼び出し用のベルが「ぴょろろ～」と鳴るので笑ってしまった。「もう注文しちゃったけど、もう一回とんび呼びたくなっちゃいますね」と言うので、追加でホットコーヒーを頼んだ。サインを千冊書いてお気に入りの海苔弁と黒ラベル買って新幹線で帰る。

11月29日

朝から猛烈な雪。（撮ろう）と思うのとほぼ同時に（どうせうまく撮れないな）と諦めが来て撮らなかった。降る雪を撮るのってむずかしい。そうじゃないんだけどな、という写真しか撮れない。

発売日のことをよくわかっていなかったが共著の新刊が店頭に並び始めているらしい。テキストの共著は初めてのことで不思議な気持ちがする。ＳＮＳの告知用のテキストをいくつか書き溜め、ほとんど一日中寝ていた。

11月30日

わたしはとても卑屈だが、卑屈ってもしかしたらあんまり意味ないのかもしれない。
「自信を持つ」以外のことがぜんぶダサい気がしてくる夜。

日記の本番　11月

8歳から成人するまでの間、わたしは同じ夢を見ることがあった。それは決まって高熱のときで、わたしは大きな風邪やインフルエンザになるたびに同じ夢を見た。

黒い球にひたすら追いかけられる夢。言葉にするとあまりにも単純な悪夢だが、それは映像としても本当にシンプルなものだった。わたしの目の前に、真っ暗闇が果てしなく広がっている。そこに、わたしのからだの幅とちょうど同じくらいの白い道ができていて、道も果てしなく続いていていて終わりが見えない。その道をわたしは歩き出す。だって、歩く以外に仕方がない。夢の中の視界は現実世界のそれによく似ている。両手を出せば両手が見えて、歩きながら下を向けば左右の膝が交互に出るのが見える。自分の顔を見ることはできない。つまるところ俯瞰の夢ではない。白い道を歩いているうちに、わたしは退屈になる。これ、いつまで続くんだろう、と思っていると、背後からごりごりとすり鉢の底を擦るような音がする。振り返ると、鉄球のようにつやつやの黒い球が、わたしに向かって転がっている。わたしはそれを見た途端（まずい！）と走り出す。黒い球はわたしを追いかけてくる。追いかけながら雪だるまのように徐々に大きくなり、スピードも増す。ああ、逃げなきゃ、逃げなきゃ、押しつぶされる。必死に走るわたしの踵をとっつかまえようとするかのように黒い球が迫ってくる。どうしよう、もうだめだ、潰される！　とぎゅっと目を瞑ったところで目が覚める。足先が、びんっ、と伸びて攣《つ》りそうになっている。（ああ、いつものね）と思って、それで安心してもう一度寝入る。そして大抵、その夢を見終えると峠を越えていて、その夢以降は体調がぐんぐん回復するのだった。

高校生くらいになると、黒い球の夢を見ながらその最中に（ああ、いつものね）と思うようになった。夢の中にいてもこれは夢なのだと自覚できているのであれば、あえて潰されてみる、とか、白い道以外の場所を歩いてみる、とか、いつもと違う結末を試みることはできたのかもしれないが、（ああ、いつものね）と思いながら、結局は黒い球が追いかけてくると白い道をまっすぐに逃げてしまうのだった。

大学生になってから友人にその話をしたら、精神的な不調を本気で心配されたことがある。何か大きなストレスがあなたを追い詰めているのではないか、わたしでよければ何でも話は聞くよ、と。わたしとしては高熱のときにしか乗ることのできないアトラクション、というくらいのつもりで話したのが、あまりに心配そうな顔をされてしまったので「ああ、ええと、その時はお願いね」と曖昧に笑った。それからというもの、どういうわけかその夢を見ることはなくなってしまった。

それからほぼ十年経ち、久々に高熱らしい高熱を出しながら、またあの夢を見るのではないかと内心そわそわしていた。次に黒い球がごりごり言いながらわたしを追いかけてきたらどうしよう。大人しくぺたんこに踏みつぶされてみようか、まだ球が小さいうちに掴み取ってぽーんと遠くへ投げてみようか、はたまた、がばっと振り返って押し返してみようか。痛む関節をさすりながら寝入ると、それは豪華客船の夢だった。わたしは豪華客船の中でそこにいる気のよさそうな人たちとシャンパンを飲んだりプールで泳ぐ人を眺めたりした。そのすべての時間、どうしてか（黒い球来い）と祈り続けていた。

日記の練習　12月

12月1日

キコと安藤さんと平興へ。わたしははさみ将棋が強い、と豪語していたことを覚えていた名人が「やるか！」と言ってくれたがぼろ負け。一気にふたつの駒を取られたとき、我ながらあまりの愚かさに笑ってしまった。あらゆる「最後」が苦手なので、閉店する前の最後の来店だろうということはあまり考えないようにした。

12月2日

ようやくワインオープナーを買った。しかも電動でウイョ〜ンとなるやつである。半信半疑で使ってみると、本当に一瞬で簡単にコルクが抜けた。「いままでの苦労はいったい……」と夫とふたりで項垂れながらワインを飲み、『海街ダイアリー』を見た。樹木希林が亡くなった祖母に似ていて夜は祖母のことばかり思い出した。

12月3日

「かがくいひろし展」を見るために花巻市博物館へ。宮沢賢治記念館に実は一度も行ったことがない、と話すと「今年の後ろめたさ、今年のうちに」と夫は言う。たしかに……と意気込んで記念館も見ることができる三館共通券を買ったが、絵本展のあまりのボリュームにふたりとも疲れ果ててしまい、スープカレーをお腹いっぱい食べて大人しく帰った。三館共通券には有効期限がないらしく、また今度来よう。今年の後ろめたさ、来年に続く。

夕飯の前に机の上にあったミルクフランスを勝手にひとくち食べたら夫がそれを見つけて「あーっ！　食べたな」と言う。口笛をぴゅーと吹いてあからさまな知らんぷりをすると「こら、夜に口笛を吹くと蛇使いがくるよ」と夫は言った。蛇ならいいけど蛇使いが来るのは本当にいやだったので、すんごいいやそうな顔になった。

12月4日

編集さんが盛岡へ来てくれてうれしい。冷麺と光原社とリーベ。リーベに行くのは久しぶりになってしまった。ママが「なにかあげたかったのになんにもなかった～」と言いながら立派な柿を三つもくれた。打合せを終えて編集さんに手を振って、それからずっと柿三つを持ち歩いた。柿三つの重さには妙に説得力があり（これは柿三つ）と納得しながら持った。

12月5日

柿三つ一気に食べた。

ようやく免許更新。前に一時停止違反で一回切符を切られていたため1時間の講習を受ける。まずは「ここにいるみなさんは『かもしれない運転』ではなく『だろう運転』になっているおそれがある、今一度交通安全への意識を高めていただきたい」と言われ、『だろう運転』なんてはじめて聞いたのでなにがなんでも「○○運転」と名付けたかったんだろうかと思ってちょっと笑ってしまった。そのあと「運転への意識は性格や普段の態度に非常に通じてくるところがある」と言うので真顔になった。そう言われるとわたしは（こうなるかもしれない）という不安と確認よりも（こうなるだろう）という漠然とした強気で人生を操縦してきたような気がしてくる。一時停止を怠り、『だろう運転』で進む人生。

新しい免許証をもらう。前回は顔写真がやたら強張った顔になってしまい、毎度免許証を出すのが本当に恥ずかしかったので、今回はばっちり化粧をして笑顔の練習までして撮影に臨んだ。いい表情だったが前髪とタートルネックの首元がしっかり乱れていて、あーあ。この先5年、乱れたタートルネックのわたしである。

12月6日　10時

あゆさんの家でトカゲとヤモリを触らせてもらった。特にクレステッドゲッコーというヤモリが、おっとりぽってりとしたちいさなワニのようでたいへんかわいらしかった。手にも腕にも肩にもぺとぺとよじ登ってくる。しっぽの付け根におまんじゅうのような膨らみがありあゆさんが「それはきんたま」と言う。きんたまってなんでこんなあぶないところについているんでしょうね、などと言いながらケーキ屋に並び、炒飯を食べて中国茶を飲んで解散した。

12月6日　22時

きもちがどうしようもなく黒ずんだので、寝室の扉をがばっと開いてちいさな声で

「ワカチコワカチコ」と言うと、寝ながら本を読んでいた夫はすぐに「ちっちゃいこと気にしてたの?」と言ってくれた。「キョウレツ〜ぅ」と言って扉を閉めて夜中まで仕事をした。やたら捗って3時に寝た。

12月7日

「うちの子、サンタさんのことを『ごんたさん』って覚えちゃったんだよね」

12月8日

平興が閉店した。一日中、今日閉店するなあと思っていて、20時になるまでそのそわそわは続いた。店の前まで行って写真を撮ったけれど、入店はしたくなかった。行けばよかったかな、と最後までうじうじ思っていたが、行って(行かなきゃよかった)と思うよりずっといいと思った。

12月9日

美容院でパーマ。飽きるまではこのくしゃくしゃパーマでいようと思っている。読んでいた雑誌にノルウェーの古いことわざに「天気が悪いのではない、服が悪いのだ」というものがある、と書いてあって（これは日記に書こう）と思った。
夫の誕生日祝いにカニ食べ放題へ。わたしはカニを食べること以上にカニの殻をばきばき折ったり切ったりして綺麗に身を剥くのが好きだということを思い出して、肘までカニの汁を滴らせながら目を輝かせて剥きまくった。お腹いっぱいで部屋に戻ると夫が笑顔で横歩きをしだしたので「あーあ、夫が巨大蟹になってしまった」と言い、寝た。

12月10日

わたしはどうしてこんなにも「低反発」のものがこわいのか。どうしても、あの、もったりと沈んでゆく感覚に、そのままからだの輪郭が低反発と一体化して顔がのっぺらぼうになるようなことを想像してしまう。ドトールで本を一冊読んで、本を一冊買って帰る。

12月11日

メールに「ハイヤーをご利用ください」と書かれており（ハイヤー！）と叫びながら必殺技のポーズをする自分のことを想像したのち、ところでハイヤーってなんだっけと調べる。気の重い仕事があり、そのことを考えるだけで一瞬で頭が重くなり眠くなって寝てしまう。

12月12日

「気に入った」のことを「気にった」と書いてある（そしてそれは誤記ではないようだった）Instagram投稿を見て、おお〜と思った。わかるっちゃわかる。

12月13日

「だれになにを言われたって構わない、気にしなくていい」と祈るように、脳の皺に擦りこむようにそう思う。だれにもなにも言われていないのに。仕事がはかどらないときによくそういうきもちに囚われる。

12月14日

「もっともっと戦闘的に生き、自分でも許せる小説を書きつづけなければならない」と書かれており、わかるわあ、と思ってすぐ、わかったとすぐに思ってはいけないな、わたしは出家できないと思うし。と反省した。瀬戸内寂聴展。

12月15日
緊張しすぎて6回歯を磨いた。

12月16日
11年ぶりに高校文芸部の全国コンクールの表彰会場へ行ったけれど、懐かしい、と思ったのは建物の外側の見た目だけで、講演をする会場へ行ったら記憶と違った。「あのときはカーテン、開いてましたよね、あんなに蛍光灯じゃなく自然光でしたよね」と何度も、縋《すが》るように確認したら、一緒に来てくれた元顧問は「うーん、そうだったかもね」と言ってくれた。11年ぶりの場所が11年前と全く同じとは限らず、わたしの頭の中の11年前が正確な景色とも限らないのだった。
演壇に立ったら泣いてしまうと思ったのに泣けず、11年分の総決算と思っていたが思ったより解脱した感じもやり切った感じもなく、とにかくおどろくほど地続きのわたしと地続きの仕事だった。

＊

終わって寿司。「お仕事なにされてるんですか」「エンジニア」「ヘルニア？」で四人が張り裂けるように笑い、東京駅でみんなで写真を撮って帰った。

12月17日

紅まどんなを剥いた。「ジューシー」という言葉がわたしは好きだ。

12月18日

駐車券をなくして3000円払った。最悪の一日。

12月19日

京都へ。京都につくと「京都」と書いてあり、京都！　と驚いた。わたしはその気になればいつでも京都へ来ることができる。その事実がお守りのようにきっとなる。

観光は一切せずに見たかった「はみだす。とびこえる。絵本編集者筒井大介の仕事展」を筒井さんに案内してもらいながら見て、会いたい人たちに会った。ミシマ社へ行くと社員総出でハートの紙吹雪を飛ばして重版のお祝いをしてくれてうれしくて、2023はこういう一年だったと思った。

12月20日

ノザキの家で起きる。ノザキが「さむいよーん」とがくがく震えながらストーブにあたり始めたのでかわいかった。これはまだ寒いのうちには入らんが、と思いながら白湯をもらって飲んだ。帰りにシゲキックス貰う。シゲキックス貰うのうれしい。

ｎｏｗａｋｉでおしゃべりしたあと鴨川をちょっとだけ見て、サンマルコのカレーと５５１の豚まんと、黒豆と生麩とソーセージとカルネ買って帰る。京都が大好きになって、２０２３はこういう一年だったと思う。

12月21日

犬が死んだ。14歳半だった。わたしの人生のちょうど半分。母からちょっと体調が、と連絡がきてすぐに駆け付けてよかった。

母は台所で泣き、父は玄関で泣き、わたしはこたつで泣いた。本当に眠っているようにしか見えない綺麗な亡骸で、あら、寝てるの、おきて、おきて、と母は何度も話しかけていた。おきないよ、と言うのはあまりにも野暮だった。本当に起きそうだったから。

12月22日

犬の火葬。とても良い業者さんだった。あまりにも白く、あまりにも骨のかたちの骨。骨壺を撫でながら（わたしはもっと傷ついたほうがいいのかもしれないのに）と思った。

なんというか、自分の感情の流れがあまりにも淡々としすぎていて、「愛犬を失った人」然としていない感じが居心地悪いのだった。息を引き取った犬はとても立派でかっこよくて、お疲れ様でした、とこころから思うだけだった。くいしんぼうで、まぬけで、それなのに時折ぜんぶわかっているかのような利口な顔をする犬だった。

12月23日

お世話になったお店を回って年末のご挨拶。青い脚のついたグラスと、封筒と、本を一冊買った。忘年句会。「ワルツだけは、男性がうまいと何もしなくても上手に踊れるの」と言われて、それがとてもよい台詞だと思って、金粉が降ってきたみたいなきもちになった。

12月24日

惣菜売り場の大盛りの唐揚げの前で下唇を突き出してごねている子がいて、父親らしき男性に「ステーキか唐揚げはどっちかだよ、唐揚げ食べるならステーキはなし、いいの?」と説得されていた。意味が分からない、絶対にどちらも食べる、という意思を持った顔だった。もう一度その売り場の前に行ったらどうやら巨大なローストチキンで手を打ちそうだった。唐揚げとステーキが食べたいときに巨大なローストチキンで手を打つのは妙な納得感がある。

12月25日

朝、夫がフォフォフォフォ〜と言いながら近づいてきて高い美容液をくれた。しまった、わたし何も用意してない……夫と百貨店へ行き、真っ赤な傘を買ってもらい、真緑の折りたたみ傘を買ってあげて、ケーキを買って帰った。メリークリスマス。

夜美容液塗ってみると顔が一瞬でテパテパになったので笑った。テパテパ。顔がテパテパです。

12月26日

ヤーレンズの「しゃがんで立つ！」は二日経ってもまだおもしろい。チョコレートナンを半分のサイズにできるか交渉しに行った人が大きなグーサインを出して「交渉成立〜！」という顔をしたので「おお〜」と言ったのが遠くからでもわかるように、大袈裟に「お」の顔をした。

12月27日

悪魔みたいに高い声で爆笑する女性2人が、渡っちゃだめなところを渡りながらさらに張り裂けるように爆笑していた。「大丈夫大丈夫！　それ私が使ってた時からぶっ壊れてたから！」と言いながら。

飲み会がはじまるまで文房具売り場にいた。気に入っているボールペンを買い足そうとしたら、試し書きのところに「明るい月」「つめたい雪」と書いてあった。できるやつがいるぞ。と思う。「しずかな海」と書こうとして、蛇足な気がしてやめた。

＊

「さっきから『働いてたとき』って会社に居たときのこと言ってますけど、いまだって働いてるじゃないですか、そのくらい、働いてるって感覚がないくらいたのしいんですね」

12月28日

鳩時計の電池が切れたので交換したところ、パッポッ♪、パッポッ♪、パッポッ♪だったのんびりかわいい鳴き声のテンポがパッポパッポパッポ!!!!!!

と猛烈に速くなったのでげらげら笑った。パワーがみなぎっている。

12月29日

両親と青森の旅館へ。宿の外では何故か空をずっと見上げている人たちがいた。両親と、ありゃ何を見上げているのか、という話になり「流星群　年末」「なんとかムーン2023」と調べたが思い当たるものはなかった。

12月30日

年末っぽさを感じるために八食センターへ行った。混んでいて年末っぽくてよかった。盛岡に戻ってきて並んでお蕎麦。並んで良かったと思うくらいおいしかった。子犬が来た。カバの赤ちゃんに似ている。

12月31日

弟が帰ってこない年末、いままでのように年越しらしい料理を用意しなくても別にいいんじゃね？　となり、かと言って通常通りの生活をするのもなんだかさみしくて、1

300円で鴨をまるまる一羽買った。鴨をまるまる一羽買うのはあまりにもくどう家の年越しにふさわしいような気がして、えっへん、って思った。電気圧力鍋で煮てスープが大量に出来上がり、醤油をたらっとだけかけて味見をして（げきうま〜！）と思った。

日記の本番　12月

とても好きで、街の財産としても非常に価値があって、けれどあまり頻繁に行くことができなかった角打ちが閉店した。高校生のとき、文芸部の全国コンクールでどうしても最優秀賞が取れなくて結局一度も立つことができなかった壇上に11年ぶりに来て講師として1時間話した。「会いたい人たちとやっぱり会いたいから」という理由で思い立って京都へ行った。14年半、わたしの人生の真っ二つのはんぶんを共にした飼い犬のボストンテリアが死んだ。クリスマスがあった。年末がきた。年を越してしまった。

　言いたいこと、言いたいことを考えたいこと、ふりかえりたいこと、ふりかえったことにしないともうふりかえることができないこと。12月はいろんなことが起こりすぎて頭がぱんぱんになって日記の本番を書き始めることにとても躊躇してしまった。どれを選んでもとっておきの文章が書けそうだ、という気持ちがふわっと浮かび上がってすぐにぺしゃんこになる。わたしはたぶん書ける。そのエピソードのどれを書いてもきっとそれなりにみんなに感動してもらえるような、そして自分自身も納得できるものが書ける。けれど、それはどうしても今じゃないような気がする。そんなに気軽にとっておきなものにしてはいけないような気がする。生焼けなのだ。「まだ自分でも整理がついていない」と言うとき、たぶん整理がつく日なんてこの先も来ないのだけれど、整理をつけたいと思う日が来るんだと思う。それで言うとたぶん、閉店のことも、講演のことも、京都のことも、犬の死のことも、いまかんたんに書いてしまったらその先のわたしが後悔すると思う。そして、2023年はそういう、まだ書いてはいけないような気がすることがたくさん起きた一年だった。いろんな場所でいろんな人に会って、腕まくりできるようになったら書こう、と思っているうちに次から次にもっと大きなボールが飛んできてしまう。

書きたいことばかりがどんどん増えて、書くための時間がいくらあっても足りない。

いまそう書いて、続けて書いていた600字を消した。本当にそうだろうか。書きたいことばかりが、本当に増えているだろうか。日記に書けても作品にしたくないことはたくさんある。むしろ、そういう、書いてたまるかと思うことが増えた一年だったのではないだろうか。書けるんだろうけれど、書きたくない。そういうことが増えた。

書いていると毎日はおもしろくなる。けれど、わたしの身に起きるすべての喜びも悲しみも、書くために起きていることじゃない。それは両立する。なにか失敗したり悲しかったりしたときに「でも、ネタが増えましたね」と言われると本当に悲しくなる。わたしはわたしの悲しみをコンテンツにする気は、ほんとうは、ない。こんなにもうるさい職業なのに、こころはどんどん無口になる。

まずは、「書かないわたし」でわたしの身に起きるすべてをしゃぶりつくしたい。カメラで撮る山よりもおなじ場所で肉眼で見る山のほうがぐっと近く大きい、その大きさに圧倒されていたい。そのうちは書きたくないのだ。そのあとで、もし書こうと思ったとして、取り出していいところだけ編集して書きたい。わたしは、エッセイを書くというのは赤裸々なことではなくて、もっと編集の眼差しが必要なものだと思う。すべてに見えるように書いたとしても、すべてを書く必要はない。あなた用の真実とわたしだけの真実、真実はたくさんあっていい。

わたしはずっとエピソードから逃げてきたような気がしてくる。「よっぽどのこと」を書くのがくやしくて、いつも自分の身に起きているトピックスの上から三つ目か四つ目のことを書いている。それなのにエピソードの人だと思われてしまいがちなことや、エピソードになってしまうようなことが次々と起きて仕方がないことと、どう向き合えばいいのかわからない。

わたしがすべてを包み隠さず書いていると思わないでください。と言いながら、嘘を書いていると思わないでください、とも思っていて、冷凍していた餅をチンしたらチンしすぎてくらげみたいになりました。

日記の練習　1月

1月1日

初詣のために夕方母と小高い山の上の神社へ行き、戻ってきたらテレビ局がみんなおなじ警報を表示していて、こたつにいる父が「津波」と言った。

ツイッター見てツイートしてこれでいいのかわからない。そわそわして300字書いてだれにも見せない。たくさんの「祈ります」に、それは祈りをした、をしているだけではないかと思ってしまう。でもそれ以外の方法が自分にもわからない。せめて黙って祈る。黙とうの時間にタイムラインに「黙祷」の文字が溢れた12年前と同じ気持ち。本当に黙祷しているならいまここに「黙祷」と打ち込むことはできないはずなのに。無力の滝に打たれて、いまのいま自分がまったく現地の人たちの助けにならない苛立ち。暖かい場所から他人の正義感をひとつずつ潰すように静かに怒っている自分に嫌気がさす。

1月2日

まだ実家。子犬におすわりとまてを教えた。おすわりとまてをひとセットで覚えてしまったので、おてという前から前足をちょいちょいと差し出してきてたまらなくかわいい。夕方家に戻り、帰省している友人を招いて四人でワインと日本酒をあけた。自分の悪意や嫉妬のことを説明して、こんなにも説明できるものだなあと思い、つまびらかになったらなったで非常にださい。しかし自分に沈殿していたものを見つめなおす時間は必要だった気がした。友人の仕事ぶりを見ているとほんとうにげんきになる。なんかめそめそしながらまた来てねと見送る。酔っぱらってなんかめそめそするのはいい飲み会だ。

1月3日

新年っぽいきもちになりたいというだけでイオンモールへ行き、売り切れた福袋や新春セールを眺めた。タイツとメイクボックスを買い、夫もパンツやニットを買い、意外と買い物をしたところ福引の券をたくさんもらえたので、そのまま夕飯も食べて福引回して帰ろう、ということになった。うどんと31を食べていざ、と福引会場に向かうと福引は既に撤去されており、18時までとのことでもう過ぎている。あちゃ～。回してはずれるよりも、回せなくて終わってしまう福引のなんと切ないことだろう。ふたりで「あーあ」と下唇を突き出して、おっちょこちょいな1年のスタート。

1月4日

夕飯は実家から持ち帰った鴨スープで鴨鍋。せりの根っこは相変わらずどこまで洗えば洗ったことになるのかわからない。根！　としすぎている。鴨、うまい。シメは稲庭うどんにした。夫とビールを飲みお笑い番組を見てからしぶしぶ、しかし淡々とふたりで立ち上がり皿を洗い洗濯を回し顔を洗った。「生活という営みには『洗う』という行為が多すぎないか、洗っても洗っても洗うものがある」と言うと「人生は洗濯の連続……」と夫がキメ顔をした。夫は洗濯をするたびに「人生は洗濯の連続……」と言う。

1月5日

1月6日

1月7日

ビール4杯、日本酒3杯、バーへ行き2杯目のカクテルをサイドカーにしてからぐらっと視界が回転し、完全に泥酔してしまった。いっしょに飲んでいた岩瀬は「わたしを倒そうなんて随分甘く見ましたね、フハハ」と言いながら背中をずっと擦っていてくれた。マスターと岩瀬に平謝りしながら迎えに来てくれた夫に引き渡され、車を降りて家の駐車場で転倒し頬骨をコンクリートに打つ。冷えピタを貼ってもらい、水を飲んで寝る。人生イチの泥酔。

1月8日

起きると頬が痛い。そうだった、きのうぶつけたんだった。全員に謝罪のLINEを送りながら、そういうの酒癖悪い人みたいでちょっと興奮する。おそるおそる頬の冷えピタを剥がすとうっすらと内出血があるが見た目がまったく変わらない。夫に「見て、腫れてる?」と聞くと本当に意地悪そうな顔で「……どっちのほっぺ?」と言う。しかしそういうジョークは好きなのでうれしくて笑う、と、ぴりっと頬が痛い。げ、笑うと頬が痛い。電気イスみたいだ。そうとわかった夫はここぞとばかりにたくさんふざけてくる。笑ってはいけないと思うとどうしてか笑ってしまう。あははイテテ、と笑い、「あははイテテ」な状況に自分でウケてしまいまた笑い、イテテ、たすけてくれ。

1月9日

遠くから持ち運んだので多かれ少なかれ絶対に割れていると思っていたモナカが傷ひとつなく完璧な形だった。

1月10日　25時

眠れなくなり「白ごま　黒ごま　違い」で検索した。

1月11日

早起きして朝一で10枚書く。急いで支度してキコと仙台へ行き、パンを食べ、クリームブリュレを食べ、IKEAへ行ってキコがラグを買うのを見て（わたしは馬のかたちのスポンジを買った）、『市子』を観て、立ち食い鮨を食べ、帰ってきた。『市子』は常温なのに絶えずすさまじく、観たというより「居た」という感じの映画で、頼むから盛岡でも上映してほしい。仙台へ向かう車の中でもずっと喋っているのに、映画館のトイレの各々の個室に入る直前の通路までまだ喋っていて、わたしたちはすごい。どうしたってそんなに喋ることがあるんだろうと思うのだが、これがあるのだ、たくさん。行きも帰りもキコの車で、帰りは運転してくれているキコが眠くならないようにでんぱ組やももクロを流し、最終的にAqua Timezを熱唱していたら盛岡だった。

1月12日

わたしってうるさいな。と思い、落ち込む。

1月13日昼

トークイベントのため日帰りで豊洲へ。十時半には東京に着いてなっちゃんと合流すると、ゆりかもめの中で豊洲の成り立ちについて解説してくれた。まぐろの競り会場を示す看板には「TUNA Auction」と書かれてあり、目にするたびにふたりで「TUNA Auction」と声に出してしまう。「クラシックな寺は新規作成できる」「肩幅広めのアジ」「かっぱどっくり伝説」など、なっちゃんと話しているといちいちたまらないワードが出てきてたのしい。なっちゃんは和菓子屋さんでさかなの形をした最中を買い、「このさかな串団子持ってるんですよ」とうれしそうに言うのでそらあよかったね、とこころから思った。

1月13日夕方

高校の同級生だった関くんがいまは本屋で店長をしている。ふしぎだ。イベント後ふたりでビールを飲みながら話していると、関くんは「生産者さん」と言いたかったのを「せいしゃんしゃしゃん」と見事に噛み、それがやたらおもしろい気がして「しゃん……」とふたりで笑いが止まらなくなった。有楽町線に乗りながら、おたがい田舎出身なのにいま東京でふたりでいるのがへんなかんじがして「これがいわて銀河鉄道じゃなくて有楽町線なのウケる」と言うと「マジでそう」と笑ってくれた。

東京駅に来る機会が増えてだんだんグランスタのことがわかってきた。この頃はI-D'EETOKYOをかならず見て帰る。すっぱいみかんジュース飲んでいるだけであっというまに盛岡。

1月13日夜中

「主人公タイプ」「からだを張っている」「ドラマを自分から作っている」と言われてそうなんですよとついへらへらしてしまったが、きちんとそうではないと説明するべきだったなあとくよくよして、そのことばかり考えて眠った。わたしはわたしの人生の主人公だけれど、それと同じくらいあなたが主人公のあなたの人生だと思っているし、友人たちに対して選択している行為は一律本気でどれも演出のためではない。書いて公開するものは一切赤裸々ではないし、わたしはきちんと自分の中で編集したものだけを書いて見せ続けるつもりで、赤裸々や体当たりとは真逆の人間だと思っていたはずなのに、どうしてそう言えなかったんだろう。

1月14日

きのう読者の方から結婚祝いに「飾っても食べても」と菜の花の花束を貰っておもしろかった。さっそく飾ってからパスタに入れて食べた。

1月15日

スリーコインズで鬼のパンツが売っていたので迷わず買う。わたしは節分が好き。ラムちゃんみたいでかわいいかもという下心があったが、わたしが履くと高木ブーかもしれない、と、レジでお釣りをもらうあたりで気が付いてがーんとなったが、もう買ってしまった。

1月16日

パーマかけた人に「パーマをかけたんですよ」と言わせてしまうと、ああっ、言わせてしまった、と強く後悔する。わたしはパーマをかけたら「パーマかけたんですね！いい！」となによりも真っ先に言ってほしいタイプなので。

1月17日

1月18日

友人から貰った花束がまったく萎《しお》れない。冬だから切り花が長持ちする、にしても長持ちしすぎているような気がしてこわくなってくる。ずっときれいだとこわい、朽ちてもらったほうが安心できるというところも、わたしが切り花を好きな理由なのかもしれない。

1月19日

「この人生にもっとご褒美があってもいいはずだってどうしても思ってしまって」

1月20日

8時間確定申告と向き合って、終わって、だーってなって焼き肉屋へ行って特上ロースを食べた。夫の土曜日をすべて費やしてもらい本当に申し訳ない。特上ロースを食べた夫が「おいしい中トロ食べるとお肉みたいって思うじゃん、」と言うので共感しすぎて次に何を言いたいのかすっかりわかり興奮して「おいしいロースって中トロみたいだよね！！！」と言った。夜は寒いから走って帰る。

1月21日

昼過ぎ、きのう終わったと思っていたものがぜんぜん終わってなかったことが判明し大ショック。わたしは自分のことを仕事ができると思ってしまっているので、仕事がぜんぜん出来ていないことがわかると本当に真っ青になって落ち込む。「どうやったら切り替えてがんばれるのか」と言うと、夫は「切り替えてがんばるのではなく、がんばっていると切り替わるのではないか」と言うので、たしかに、と思った。がんばって、終わって、だーってなってサイゼリヤで生ハムを食べた。夫の土日をすべて潰してしまった申し訳なさに何度も項垂れ、できるだけ細長くなり小声で謝り続けていたら「おれの大事な日曜をめそめそしないで！」と言われたので「わたしのために馬車馬のように働いてくれ！　それがわたしの夫になるということだ！　どうだ！　わたしの経理のできなさに驚いたろう！」とふんぞり返ったら「なんか思ってたのとちがうんですけど」と笑ってくれた。

1月22日
リーベではじめてウイスキーティーを飲んだ。ぽわっとしてとてもいい。

1月23日
自分の人生とあまり接点がなかったような底抜けに明るい人と名刺を交換し、1時間その人の怒涛の明るさに打たれた。「わたし、仕事はできないんですけどすぐに反応してでかい声でなんか言うことは得意なんですよ！『まぶしい！』とか」と言われ、言葉での反応が速いことの例としていちばん最初に出て来るのが「まぶしい！」なことの、そのもうどうやったって敵わないようなその人の人の良さに本当につかれて、自分がとても暗くて意地悪な人間だと思い出しながら黒ずんで帰った。

1月24日

きのうの淀んだ気持ちがまだ残っていて、雪が降っているのにぜんぜんよろこべない。会議。新年会。おいしいお酒を飲んでそれでも明るくなりきれず、三次会までもつれこませて、お腹いっぱいでぜんぜん食べたくないけど自家製の寄せ豆腐ならぺちょぺちょ食べる。

1月25日
ラジオの収録。

1月26日
実家の子犬に歯が生えてきた。

1月27日
わたしは小学生の時から、うんこやちんことといったギャグをおもしろいと思ったことが本当に一度もなく、そのことをどこか後ろめたい気持ちでいる、と唐突に白状すると、夫が静かに頷いてから「結婚しよう」と言うので笑った。夫もそうらしい。そうだよね。うん。ちっともおもしろくない。うん。きたないし。うん。

1月28日

硬いところで寝たら吉田類の夢を見た。

1月29日

夫が熱を出している。看病しながら、わたしはしてもらったことのある看病しかできないのだなあと思い、とにかくすぐ病院に行って水を飲んでたくさん食べて寝て、と言った。母がよく言うことだ。友人に「夫が健康すぎてはじめての看病だ、なにをしたらよいのか」と連絡すると「熱出てるならバニラアイス」と言われて、バニラアイス?!と衝撃だった。買ってみよう。

1月29日夜

SNSがつらくなって、友人4人とラインをした。いつでもともだちと話すことが出来ていれば本当はSNSはいらない。お湯を飲んで眠くなるまで仕事をした。

夜中担当さんから来たメールにすぐ返信する。「ししおどしみたい」と言われてたいへんうれしい。いい担当さんだなあとしみじみ思う。

1月30日

雑談のようなインタビューはいいインタビューだと思う。

1月30日夜

自分の人生の恩師全員に電話をかけて話を聞いてもらって、ぐずぐず泣きながら電話を切って決意をした。わたしには憧れの大人がこんなにもたくさんいて良かったなあと思う。それぞれの恩師がそれぞれの金言をくれて、顔がぽーっとしたまま眠る。

1月31日

一日中モリユとビデオ通話をしながら仕事をした。通話繋ぎっぱなしでの作業を試みるのはこれで3回目だろうか。集中したりお互いの仕事の悩みを打ち明けたりしながら、午前から40分繋いで20分休んでを21時半まで繰り返した。モリユの家には猫がいるので、時折猫が画面に映りご褒美のような気持ちになる。思った以上に仕事がはかどり、わたしに必要だったのは見張り合いつつも愚痴を言い合える「同僚」的存在だったのではないか、という発見があった。それならこれからはモリユがいるではないか！　と毎度思うのに、わたしたちはなかなかその後誘いあわないので数か月あく。が、明日も誘おうかと思ったところでモリユが「あしたもやりません?」と言ってくれて本当にうれしい。

仕事をがんばった分とても眠くなり早く寝た。

日記の本番　1月

数年前から、自分の悩みをジャンルに分けず、いま抱えている悩みのすべてを話せる相手が少なくなっていくような感覚がある。それはわたしが作家を仕事にしているからではなく、年を重ねるごとに、自分とそっくりそのまま同じような境遇の人はどんどん減っていくのだから仕方のないことだと思う。小学生の時は、結構だれとでも話が合った。毎日顔を合わせて同じ授業を受け、同じ民家の桑の実を勝手に毟《むし》って食べながら帰り、同じようなゲームボーイカラーやたまごっちを持っていたのだから、それもそのはずだと思う。同じ授業を受ける、というのは大学に進んでまで続いたからあまり気が付かなかったけれど、そもそも家庭環境も嗜好も思想も違う人間が集められているのだから、本来はだれとも話なんて合うはずがなかったのかもしれない。

新入社員として営業職で働くようになってから、仕事と書くことに熱中していたらあっという間に時間が過ぎるようになり、ふと気が付いたら、自分の悩みや不安をだれにも打ち明けずにいた時期があった。折角できた同世代の仕事仲間や、書き続けている同世代の人にも、最後には「でも書いてるんだからすごいじゃん」「でも働いてるんだからすごいじゃん」と言われてしまい、そう言われると黙ってしまう。同じような業種で働いているからって悩みを共有できるわけではない、同じように創作をしているからって悩みを共有できるわけではない、とわたしは悟った。仕事の話と創作の苦悩の話を同時にできる相手はいないと諦めた。「でもすごいじゃん」と言われることに怯えずに、本当にしたい相談をするのはとても難しいことだった。

でもいまは、モリユがいる。モリユは年下の友人で、絵を描いている。わたしと同じ地元で、しかしいまは違う場所に住んでいる。彼女とわたしは同じくらいの速度で仕事が増え、同じくらいのタイミングで独立し、自然のそれなりに多い街に暮らしながら仕事相手はほとんど東京にあって、同じくらい忙しい。創作の悩みも仕事の悩みもこころから共感しつつ相談できる相手で本当にありがたい。わたしは仕事が好きだから、仕事の話をするのも好きなのだと、モリユと話していると思い出す。短篇小説を書くために見張ってほしい、という理由でビデオ通話を繋ぎお互いの仕事をする、というのをこれまで数回やっている。最初の数分は普通におしゃべりをして、「さて……」と言って黙りだす。それを繰り返してほぼ丸一日一緒に仕事を進める。テスト前に友人と机を向かい合わせてお互いに黙りながら各々の問題を解いていた時の、あのくすぐったい集中力が思い出される。

たまたま丸一日打ち合わせや外出の予定がなかった日に、久しぶりにそれをやりたくなってわたしから連絡した。ものの数分で快諾の連絡が来た。軽くお互いの近況やいまの仕事のことを喋って、「さて……」と言って集中する。午前はとても捗った。お互いにお昼を食べてすこし運動してからまた繋ぎなおそう、という話になった。夕方繋ぎなおしてまた黙り込む。ビデオ通話と執筆を同じパソコンで行うために、最初は画面を2分割していたが、やはり全画面のほうが仕事はしやすく、カメラを繋ぎっぱなしで画面には原稿だけを表示していた。わたしは頭を悩ませる原稿のことでいらいらしていた。「んー」と小さく唸ったり、歯を食いしばったり、気が済むまで鼻をほじったり、椅子の上で胡坐《あぐら》をかいたりしてそれでも気持ちが荒ぶるので手を洗って気持ちを冷やすために立ちあがった。しゅっ、しゅっ、とパソコンからモリユがタブレットに筆を走らせる音がして気が付いた。そうだ、いまカメラ繋いでるんだった。そして恐ろしいことに思い当たった。え、さっき、わたし鼻ほじったじゃん。

恐ろしすぎてなかなかパソコンの前に戻れず、わたしは長々と手を洗った。自分が友人の目の前で思い切り鼻をほじった事実をなかなか認められなかったのだ。どうやって誤魔化そう、とまず考えた。しかしカメラの目の前で、なんならどアップで鼻をほじっていただろうことは、もし見ていたとすればどう誤魔化すこともできないだろう。モリユだって集中していたはずだ、きっと見ていない。見ていたら「えー！」とか「ちょっと！」とか何か言ってくれるはずだから。……でも、モリユはやさしい。もしかしたら（げ！）と思ったけれど、わたしが集中しているのがわかっていたから黙っていてくれているのかもしれない。どうしよう、どうしよう。わたしは何とか平気な顔をして座りなおし、隠れていたビデオ通話画面を表示させた。どう考えても鼻をほじっていたところはばっちりと映っていただろう画角だった。モリユはまったくこちらを見向きもせずに絵を描き続けていた。（見なかったふりをしてくれているのかもしれない）と思いながら、鼻なんてほじっていないそぶりを突き通してその日一日の仕事を終えた。仕事はとても捗った。通話を切る前にモリユが「明日も通話できませんか？」と言ってくれて、こちらもたすかるのでうれしい、と言いながら（鼻ほじったの見た？）と白状するならばいまがチャンスなのではないか、と思った。よし、いま言おう、と思ったタイミングで電波の不調によって通話は切れ、繋ぎなおさずまた明日！　となった。寝るまで、皿を洗ったり歯を磨いたりするすべてのタイミングで「うあーっ」と声が出た。何度思い出しても恥ずかしくて仕方がなかった。

　翌日、午後モリユとビデオ通話を繋ぐと、すぐにちょっと真面目な仕事の話になった。創作を仕事にするって、楽しいばかりじゃなくてやっぱりちゃんと「仕事」だ。自分からどんな作品が出てくるかわからず、自分がいいと思ったものがどう評価されるかもわからない創作の仕事には、大きくても小さくても常に不安が付きまとう。もちろん、会社員と同じような社交のつらさやコミュニケーションの苦労もあったりする。めそめそしているモリユに大丈夫だよと前向きなことを言いながら「さて……」と集中する流れになった。いまだ、と思った。「あのさ、きのうわたしが鼻ほじったの見た？」と打ち明けると、モリユははじけるように「見てないですよ！」と爆笑した。モリユがほんとうにいま初めて聞いた人のようにあまりにも笑い続けるので、いや、でも本当は見ていたのでは……という用心深い不安はすぐに消えた。ああ、見られてなくてよかった、でも言ってよかった。モリユはぱっと明るい顔になって「すっごいげんき出た」と言いだし、わたしは顔を真っ赤にしながら「それはよかったよ」と力なく笑い、はーあ、と言いながらお互いの仕事に向き合うとき、ああ、これが同僚か。同僚って感じがする、と、とてもうれしかった。わたしはずっと、同級生とテスト勉強するみたいに仕事がしたかったのかもしれない。

日記の練習　2月

2月1日

モリユと仕事。大変捗る。札幌に行くためのチケットを取る。夜、21時半からもうひとがんばりしたかったのだが、きゅうっと搾り上げられるように睡魔に襲われていつ寝たか覚えていない。

2月2日

折角重い腰を上げてひとつの手続きをしに来たのに、その手続きをしてみたところ、これからしなければいけない手続きがもう4つあることが判明し窓口で項垂れた。

きょうもモリユと仕事。

2月3日

「恵方どっち?」「右」

2月4日

いつもほぼ貸し切り状態のコインランドリーが混んでいて（混むなよ）と思ったが、すべての営利目的の施設は混んでいるべきだ。

2月5日

札幌から来た友人と会うため仙台へ。いつ来ても虹色の薔薇を売っていた花屋がきょうも虹色の薔薇を売っていて、もう十年近くこの虹色の薔薇を売っている花屋ということだ。一輪の薔薇がグラデーションに虹色になっていて大変胡散臭い。アイスプラントと八朔とフルーツトマトとバジルとディルのサラダ。とてもおいしい。新幹線までの時間、待合室ではファミリーヒストリーが流れていて柳葉敏郎が号泣していた。

2月6日

わたしは大見得を切るのがほんとうに得意で、あとはもう、言っちゃったからにはできるようになるしかない、出来たんだってことに、あとからするしかない。「にあ〜」と言いながら気の重いメッセンジャーを開くとモリユが「どうしました！」と言ってくれて、繋いでいることをまた忘れていた。ものすごい集中力で仕事がみるみる進む。

2月7日
豆乳と牛乳と絹豆腐としらたきを買ってずっしりと重い鞄を助手席に置いたところ、その重さを「人が乗っている」と感知した車が「シートベルトしてませんけど！」とアラームを鳴らし続けるので笑ってしまった。「豆乳と牛乳です！」とひとりごとを言っても鳴りやむわけがなく、豆乳と牛乳にシートベルトを掛けるかどうか悩んでいるうちに家に着いた。

2月7日夜
ここ一週間は9時から18時までビデオ通話しながら仕事をしているので、自然とSNSをなんとなく見て時間が過ぎる、ということがなくなっている。久しぶりにTwitterをしっかり見たら気持ちが悪くなり、それはとても健康な感じがした。

2月8日昼

キコとピザ屋へ。いくらクリスピーでとても生地が薄いとはいえ4枚も食べ終えて歩いていると「喜怒哀楽……」とキコが一瞬立ち止まる。ラーメン屋の裏口の硝子に、「喜怒哀楽」と書かれていた。「店員向けに『笑顔』とか『たのしく』と書いてあることはあっても、喜怒哀楽って見たことないよね、裏口に怒と哀もあんのやだな」と言うとキコは「たしかにぃ～」と言った。わたしはキコの「たしかにぃ～」が好きだ。

キコはきのうびっくりドンキーへ行くとこどもが「おいしいものをたべると、とってもげんきになるね！」と言うので我が子ながら感動した、と言うのでわたしも感動した。「げんきなかったの？」と聞くと、「ううん、げんきだったけど、もーっとげんき出た！」と言ったのだという。

キコと解散するとすっかり気が塞ぐことがいくつも起きて、一刻でも早く夫と会話をしたくなったので会社まで迎えに行ってそのままベルへ（実は盛岡には「ベル」というびっくりドンキーの一号店があり、中身はすっかりびっくりドンキーなのである）。SNSで見たものについて、仕事について、いやな気持ちになることを夫にたくさん話して、夫も気になっていたいやなことを話して、ふたりで「いやあね」と言いながら、うんざりだけど話すとさっぱりとした気持ちになる。パインバーグディッシュを食べてげんきが出た。

帰り際、隣の席におじいさんがひとり来て「ここのいちばん普通でいちばん美味しい定食」と注文するので、(なにが出て来るんだ……)とはらはら見守っていたが、レギュラーバーグディッシュ(150g)が出てきたので(いちばん普通のいちばんおいしいやつだ!)と興奮した。「そうか、味噌汁はついてこないのか、味噌汁もおいしいから飲みたい」とおじいさんは追加注文した。びっくりドンキーの味噌汁っておいしいよね。

2月9日

「あたしゃうれしいよ」と返信。

2月9日夜

わたしってうるさいな。と思い、落ち込む。

2月10日

夫と税理士さんのおかげで確定申告作業が終わる。肩こりが全部治った気がする。実家で犬を揉み、父にあげるつもりで持ってきたチョコレートをわたしも食べる。

2月10日夜

がんばって考えたことを「まあまあそんな考えすぎず！」と言われ、もうだめになっちゃった。わたしってうるさいな。と思い、落ち込む。わたしってうるさいし、強気だ。

2月11日

わたしって強気だな。と思い、起きても落ち込んでいる。

キコとそのこどもとわたしと夫の４人でピザ屋へ。先日夫がだいすきなピザ屋で夫抜きで4枚も食べたことを「ずるぃ！」と本気で悔しそうにされたので、夫も入れてもう一度行くことにしたのだ。大人３人で5枚食べてごきげん。本当に信じられないくらいすべてがおいしいピザ屋だ。閉店しないでほしい。

キコのこども……便宜上、キココと呼ぶ。３歳のキココは会うたびに話せるようになっている単語や文章が増えている。キコの誘導のもと「れい……ん、ちゃ！」と呼んでくれていたものが「れいんちゃんはさーそのコップが水色だねっ」と言い出すのでたまげた。大人が食べ終えるまで退屈したキココは「にらめっこしーましょ、泣いたらまけよ」と言うので、夫と「泣くまで？」「こわ」と怯えたが、泣きさえしなければ勝ちも負けもせず、謎のゲームだった。

キコとキココと話しておいしいピザも食べ、気分は少し明るくなったものの、まだそわそわとしていけない。ぜんぶ iPhone のさわりすぎが悪いような気がして電源を切って家に置いたまま夫と温泉へ行き、居酒屋へ行き、映画を二本見た。『夜明けのすべて』と『カラオケ行こ！』どちらもとても良かった。感想を言い合いながらミカン味のソーダを飲んで、直接話せる人がたくさんいればＳＮＳも iPhone も要らないのかもしれないと思う。

2月12日

朝起きてもわたしって強気だな。と思う。スマホを家に置いたまま一眼だけ持って夫と花巻へ。曇天。飛行機のひとつもない空港。はやく飛行機乗りたいなあ。

ポッポでお昼を食べるととても眠くなり、昼過ぎ帰ってきてすぐに夕方まで寝た。起きて鱈鍋を作って食べ、鱈って安いのにこんなに美味しいんだね。さすがに告知をせねばならずiPhoneの電源を入れる。30時間くらい、iPhoneをさわらなかった。

iPhoneを見るのを辞めれば健康的かと思っていたが実際はそんなこともなく、終始自分のよくないところや既に取り返しのつかない他人への失礼のことなどを考えてしまい、うあー、と数分に一度呻いていた。夫はそんなわたしに「よしよし」と言うテンションで「ごしごし」と言いながら肩や頭をスポンジで拭くような動作をしてふざけてくれて、それを言うなら「よしよし」でしょうが、と笑い返しつつ、しかしごしごし、なのかもしれない、このこびりつく暗い気持ちは。

2月13日

仕事をたっぷりして、着替えて、着替えた。新年会。おいしい紹興酒。わたしはバイスサワーと梅水晶が好き。

2月14日

数年ぶりにオーブンを使ってケーキを焼いた。きもちが膨らんでよい。

2月15日

いちごのロケ。

2月16日

大きなあわびの貝殻を持たせてもらってきらきらさせた。

2月17日

朝、光原社の前を通っていたら商店街の人が梅の木の剪定をしていて、おつかれさまです、と声を掛けたら「咲くかもよ」と言って枝を四本くれた。咲くといいなあ。

東京から来てくれた読者夫婦と夫と4人で朝にパンを食べ、夜に冷麺を食べた。この夫婦はどこかわたしたち夫婦ととても似ているように思っていて、たいへんおおまかなビジュアル（夫：細くて眼鏡、妻：髪が長くて笑顔がかわいい）が似ているだけなのかもしれないが、4人で歩きながらずっと（ババ抜きだったら「夫夫」「妻妻」で上がれるなあ）などと思っていた。

2月17日夕方

本物のサイン会をみた。わたしはまだまだだ。句会。「鄙《ひな》びた」という漢字と、二月はひかりの春であることを知る。

2月17日夜

ここ数年、わたしは自信を持つべきではない、自信を持っていいような人間ではない、常にここが最高潮でいつかすべて失う、と自分の強気を窘《たしな》めるように生きてきたが、もしかするとわたしはむしろ、もっと自信を持つべきなのかもしれない、と思った。自信を持つために出来る努力はいくつもある。

2月18日

オードリーのオールナイトニッポンin東京ドームを映画館で見た。結局体力なのかもしれないぞ。

2月19日

3キロ走った。

2月19日夜

「あんたたち、ホットドッグ似合うわよ」と返信。

2月20日

バーにスミレのチョコレートを持って行ってみんなで食べた。かっこいいお兄さんが「おれの昔好きだった女の子の名前です、すみれちゃん」と言ったあと「あ、ちがった、かすみちゃんだった」と言うのでなんでもありだった。かすみちゃんはやたらしずかでミステリアスな女の子だったらしい。

2月21日

午前中、ホームスパンの毛糸でアームカバーを編んでくれた80代の俳句友達と会う。昔はニットも編んだのよ、もう着なくなっちゃったけど捨てられなくてね、と言うのでそのニットも貰った。とてもいい毛糸だ。

＊

そうだ、ケフィア。ケフィアってものがあったじゃないか昔。いまケフィアはどこへ行ったんだろう。

2月22日
短篇小説を書いて、ふらふらになった。

2月23日
酒蔵へ行って限定酒を買い、産直で猫柳を買った。うっすら赤く透けていてかわいい。

2月24日
写真を撮られるときの、レンズの奥にいる撮影者の目を見るつもりで目線をレンズの中にすいーっと吸わせるときの、レンズを見ているはずなのに撮影者と目が合っているのがわかるような瞬間の、こと。

2月25日
「キスの方法17選だって」「そんなにある？」「あ、これぜんぶやったことある」「あるんだ」

2月25日夜

帰宅したら梅が咲いていた！

2月26日

「タイトルは〝モテモテローラースケート〟ではいかがでしょうか？」「モテモテローラースケート！　いいですね、それでいきましょう」というメールのやりとりをして、（へんな仕事）とうれしく思った。

2月26日夜

あまりの吉報があり、すぐにコートを羽織ってもつ焼きを食べた。盛岡でバイスサワーを飲めるお店を全部知りたい。

2月27日

ひさびさの整骨。「ねむたくなりました？」と言われてぜんぜん眠たくなかったが面倒なので眠たかったことにした。ここへ来るといつも眠くないのに眠たいですかと言われるのはなぜなんだろう、と、腰に電気を流されながら考えていたが、蛍光灯を直視したくなくて仰向けの時ずっと目を瞑っているからなのかもしれない。わたしはまぶしいのが苦手だ。

2月28日

月曜日から金曜日。8時か9時から。お昼休憩を一時間挟んで18時まで。モリユとビデオ通話を繋ぎながら仕事をしてすっかり1か月が経とうとしている。つかれたりへこんだりする日もあるけれど、「ひとつも仕事ができなかった日」が一切なくなり、こころがぷりっと艶やかなまま仕事を出来ているような気がして本当にありがたい。

＊

担当さんが盛岡に来てくれて、南部鉄器を買って行った。他人の大きな買い物を見るのはたのしい。

2月29日

四年に一度のにんにくの日だ！　と知ってから、2月29日をひそやかに楽しみにしていた。だって四年に一度だ。夕飯を餃子に決める。

うるう日だし30歳になるから、筆名を「くどうれいん」に統一した。一生は一度だ。

日記の本番　2月

オーブンレンジということはオーブン機能もあるということなのに、日ごろ暮らしていてオーブンレンジのレンジ機能しか使っていない。バレンタインデーを前に久々にケーキでも焼いてみようかと思ったのはなかしましほさんのレシピを見たからで、バターではなく油でよいというところが魅力的だった。

義弟が夫の誕生日プレゼントとしてブレンダーを送ってくれたので、突如ブレンダーのある生活になってよろこんでなんでもかんでも撹拌《かくはん》していた2月だった。夫が体調を崩している間何度もバナナミルクを作ったし、祖母から貰ったじゃがいもをポタージュにしたりもした。ガトーショコラを焼こうと思ったのもそのブレンダーに泡だて器アタッチメントが付いていたからで、メレンゲも生クリームも楽勝で作れるならやってみていいかもしれないと思った。ブレンダーのことを漠然と「持つミキサー」と思っていたがそれは結構正しくて、深くて大きなコップのような容器に、とにかく回転するコンセント付きの部品を突っ込んでかき混ぜる機械だった。ただ、ミキサーのほうが馬力と言うか、なんでも粉々にしてやるぞ、という意志の強さはあったような気がして、ブレンダーはあくまで「なめらかにする」ための道具であることも使いながらわかってきた。

実家ではミキサーを使っていた。ずっしりと重いガラスの、持ち手付きのジョッキのようなものをセットすると、そのジョッキの底の部分にあるプロペラのような刃が回転する。実家のミキサーはえんどう豆のポタージュのような淡い緑色をしていて、ジョッキの蓋も同じ色をしていた。ミキサーで料理をするとき母はあぶないからと言って、その蓋を押さえてスイッチを押すところだけやらせてくれた。スイッチを押すだけなのに、ミキサーを使ったという気になった。うれしかった。本当に面倒なのはそのあとプロペラの刃を洗うところだったろう、とブレンダーを洗いながら思う。ミキサーは毎度ものすごい音がした。力強く回転を続けるものだから、回転部分からは摩擦で焦げたようなプラスチックのにおいがした。チーズケーキを作り、コーンスープを作り、バナナミルクを作ったミキサーはまだ現役だ。ミキサーは食材を大まかに切ってぶちこんでもものすごい音を立てながら必ず粉々にした。その粉々をしばらく眺めているとなめらかになった。なめらかの前には粉々が必要で、その粉々にするまでの作業を、ブレンダーの場合はある程度こちらがやっておかなければならない。ブレンダーはあくまでなめらかにすることが仕事なのだ。

気落ちすることはたくさんあるけれど、そのたびわたしはブレンダーのスイッチを入れてなめらかにした。ブレンダーの振動がてのひらからわたしのからだに伝わって、わたしの面倒な思考もすべてなめらかになればいいのに。

日記の練習　3月

3月1日

JR東日本の怪しいくらい安い乗り放題パスで母と日帰り東京旅行。行きの新幹線で朝握ってきたまだほんのりあたたかいおにぎりとおやつを出して来たので（あまりにも母親すぎる）と感動した。海苔の湿ったおにぎりを食べると学生時代のことをぎゅいんと思いだす味で泣きそうになる。魔法の文学館とリッツカールトンカフェと新国立美術館。また来ようね、と言い合って盛岡駅で別れる。

3月2日

混乱して滾《たぎ》るわたしの早口を止めようとした夫が「待って、待って一回待って、え、止まんない、すごいこれ、れいちゃん待って、止まって！　止まって止まっておねがい！」と慌てた。自分が壊れた水道にでもなったようでおかしくて止まった。

3月3日

雪だ、雪だ雪だ、雪だ！　ようやく雪らしい雪。真っ白な窓の外を見つめながらたくさんにんじんを細切りにしてサラダにした。郵便局に行くために長靴を履き、わざと雪のふかふかなところを歩く。冬はこうじゃなくちゃ。灰色の空が分厚くて、暗い気持ちがしてうれしい一日。

3月4日25時

たくさん書いて、わたしが書きたいことってこれかもしれないと思った。

3月5日朝

東京へ。ものすごい音量の音漏れをしている人に遭遇すると、その音楽にわたしがノリノリになって踊り出したらびびるかなあ、と毎回想像してしまう。

10時

岩瀬と東京タワーへ。小学校ぶりだ。特に見るものはなく、おーと言いながら東京タワーを見上げた。東京タワーのぬいぐるみがあまりにもTENGAだったのでそう言おうとしたら岩瀬の「TE」と被ったので、にこやかに頷き合った。

15時

モリユと水族館。何年も水族館に行っていないというモリユはすべての生き物に「いきてる！」と感動していた。いちばんかっこいいのは大きなピラルクで、ふたりでうっとりしていたらさいごの売店でモリユが超巨大なピラルクのぬいぐるみを購入したのでたいへんおめでたい気持ちになった。「ピラルクと改札通るのはじめて！」と興奮した後、モリユはそのピラルクを抱えたままひとりで帰宅しなければならないことをようやく自覚して恥ずかしがっていた。

19時

仕事終わりのトッシーと合流してハヤシライスを食べた。グリーンピースがちゃんと茹でたてでぷりっとしている。トッシーが「わたしが書きたいのは結局ラブなのかもしれない」と言い、「わたしが書きたいのはラブ直前なのかもしれない」と言い、そのラブの内訳を話していたらあっという間に新幹線の時間になった。

23時

パンとソーセージをお土産に買って帰宅。歩きすぎたからか昼間にお酒を飲んだからか、珍しく脚がしくしく痛かった。しくしく就寝。

3月6日

淡々と暮らすことの健康さと清々しさをわかりはじめているわたしと、そんなのつまらないと思っているわたしとが戦っていて、夕方には落ち込みきってじゃがりことすじこおにぎりと辛いチキンを食べ、梅味の炭酸水を飲んだ。これがすっかり残業をしているときの自分の食事に重なって、あのときよりがんばってないわたしが食べていいものじゃないな、と余計に落ち込んだ。

3月6日夜

大きなソーセージをぱりぱりに焼き、夫と白ワインを飲みながらお笑いを見ていたらぜんぶ解決したような気持ちになった。

3月7日

キコと390円になっている銀だこへ行くとハハッと笑ってしまうほど行列ができていて、若い男の子たちがうつろな目でひたすらたこ焼きを作っていた。

3月8日

打合せの30分前に担当編集から電話が来た。前倒しになったのかと思ったら「いま、盛岡駅なんです」と担当編集は言う。「えぇ?!」と言いながら眉毛を描き、合流して冷麺と焼き肉を食べた。（来ちゃった♡）が自分の人生に起こるものと思っていなかったのでたいへん興奮した。「突然来て驚かせてしまうのも申し訳ないので、盛岡駅からZOOMしようかどうか悩んだんですけど」と言われて、そんなこわいことないだろと笑った。担当編集は「デヴィ夫人の好物はビーフジャーキー」という本当かウソかわからない豆知識をわたしに授けて東京へ帰った。ぐんとげんきが出た。

3月9日

だからと言ってうまく書けるものでもなく、しかし書かなければうまくもならない。書きながらこうじゃないなあこうじゃないなあ～となって47枚書き、出し、でもぜんぜんダメだと思うと大泣きし、なんとか泣き止むといそいでワンピースを着てホテルでフレンチを食べた。フォトウエディングの際に貰った宿泊券とディナー券をもっと忙しくなる前に使っておこうと決めていたのだ。雑穀のパンがおいしくて、猛烈に昔食べたサンマルクのレストランのことを思い出していたら「昔サンマルクのレストランで食べたパンの味がする」と夫が言い出したので本当に驚いた。わたしたちは違う街で育ち、それぞれの記念日にそれぞれのサンマルクのレストランでナイフとフォークを使って鶏のソテーを食べていたのだ。引っ越して二年になりますなあと言いながら、夜景を見ようとカーテンを開けると中途半端な夜景で、なんかそれも良かった。

3月10日

わたしは本当にビュッフェをきれいに盛るのが得意。

3月11日

おろおろしていたら一日が終わりそうになり、なんとか立ち上がって夜まで原稿を書いた。

3月12日

どうして盛岡からいなくなっちゃうんだろう、と思う人に「どうして盛岡からいなくなっちゃうんですか」と言ったらとてもうれしそうに困ってくれて、わたしの役割はこれなんだろうと思った。チーズに酒粕をのせて食べるのがおいしいんだと教わったのに、そのときには酔って床に寝転んでいたので食べずに帰った。ぜんぜんまだ会えるような気がして、それなのにピアノ弾いちゃったり感謝を伝えちゃったりしてそれなりに最後っぽい空気で、なんだよって思う。最後だから集合写真撮りましょうと言い出したその人はタイマーを押すと「向こうから隕石が来た！　みたいな顔してください！」と言って右上を指差して、残り4秒で、わたしたちは（なんだよそれ）という暇もなく、右上から落ちて来る隕石に怯える顔をした。

3月13日

送られてきたきのうの写真の中で隕石の写真がいちばんいい写真で、「なんだよそれ」とちっちゃく言って笑った。

3月13日午後

別に蒸篭《せいろ》持ってなくてもじゅうぶん蒸せるよねって話で盛り上がってよかった。

3月14日18時

居酒屋が思ったよりも遠いので慌ててタクシーに乗ると、扉が閉まった途端に「ラッキーガール！」と言われた。きょうはタクシーが少ないのに雨だから、捕まえようとしたって捕まらない日なんだ、とのこと。それじゃ帰りに乗りたいなら配車の予約をしておいたほうがいいんですね、と言うと「いいや、運がいい人は帰りも運がいいから、お客さんはラッキーガールだから大丈夫」と言われた。

3月14日夜

わたしは「割りばしが思ったより堅くてなかなか開けられずにいる人」に弱いということがわかった。

3月15日

人気すぎてもうGW先まで予約が埋まっている楓さんにキャンセルが出たというのでそれきたと美容院へ。パーマをかけ、染めてもらった。オリーブグレーになったうえ、おすすめのオイルを買ったらバジルの入っているものだったので、楓さんはわたしをカルパッチョにしようとしているのかもしれない。

3月16日

サイン書きのため実家へ行く途中、引越しのトラックが停まっていたので追い越した。荷台からどんどん運び出される物の中にバランスボールがあったので「バランスボールも一緒に引越ししたんだねえ」と言ったら「バランスとりたいもんねえ」と運転席の夫は言った。

両親と夫と4人がかりで6時間かかってサインが終わる。へとへとなので焼き肉を奢《おご》り「サインをたくさん書いた後に飲むビールがいっちばんうまい!」と大きな笑顔になった。

3月17日
「来週地球が終わるなら作家辞めますか、仕事辞めますかって言われてわたし仕事辞めるって言ったんですよ」「え、わたしなら両方辞めます、地球終わるんでしょ」「……たしかに！」

3月17日26時
なんとか書き直した。今度はどうだ。63枚。

3月18日
「入浴済」と書き、絶対違う、絶対なんか違う……と思って検索したらわたしが書きたかったのは「入浴剤」だった。

3月18日夜
もうだめだ。なにがってぜんぶが。逆にこれはもう鯛めしなのかもしれん、とモリユに貰っていた鯛めしの素でごはんを炊こうとしてスイッチを入れた数分後、「入稿しました」との知らせ。一気にからだの力が抜ける。大事にしまっておいた、みさきに貰った白ワインをあけて「入稿したあとのワインがいっちばんうまい！」と言って、ちょっと泣けた。

3月19日

レモンイエローのワンピースを買った。出来るだけ毎日黒い服を着てゴールドのアクセサリーを付けたいと思っているが、本当にわたしに似合うのはレモンイエローだと知っていて、悔しいが似合ったので買った。

3月20日

東京へ。千と千尋の神隠しの舞台を見て、大泣きしたらほっぺと眼鏡の間にちっちゃい水たまりが出来た。はじめての帝国劇場がうれしくて、「帝国劇場」と書かれたスプーンとフォークを買った。

＊

ともだちとお茶。桃色だったがあれは桜茶だったのか梅茶だったのか。よく見る悪夢の話になり、「大謝罪のために土下座をしようとしたらでんぐり返ししてしまう夢を見る」と言われて笑った。悪夢にでんぐり返しが出てくることの明るさがやたらと愛らしく、しかし土下座をしようとしてでんぐり返しをするのはちゃんと悪夢で、とても好きな話だと思った。カレーを食べてぐったりして、本とパンをたくさん買って帰宅。

3月21日

夫もわたしもまだこころが帝国劇場にあり、ぼーっとしながら家を出てぼーっとしながら帰ってきた。

3月22日

きょうはモリュがいないのでひとりで仕事をはじめる必要があった。いつもモリュと朝から夕方まで通話を繋いでいるから気が付かずにいることができたが、4月に本が二冊出るということへの喜びと共にプレッシャーがひたひたと胸を掴んでいる。新しい作品や新しい本が出るときはいつもこうだ。もう印刷所で大暴れする以外、世に出ることを止められないときによくこうなる。漠然とした不安と緊張。コーヒー飲んでもそわそわするので久々にフリースペースへ。久々なせいかフリーWi-Fiが繋がらない。〔接続済み。インターネットなし。〕じゃあ何が接続されているのだ……。

仕事がたくさんあり、片っ端からメールを返し、憂鬱と不安と戦い、あまりにだめになりそうだったので熱いドリアを食べ、午後はなんでここまでしなきゃいけないんだろうって相手になんでここまでしなきゃいけないんだろうと怒りながら資料を作り、怒っているうちに不安だったきもちがすっかりなくなり、それはそれで助かったのかもな、と言っていたら「あなたのPCがウイルスに感染しました」という偽ウィルス検知サイトからのポップアップが画面に広がって止まらなくなり、あっという間に18時になる猛烈な一日。原稿を一本も書いていないのに、たぶん2万字くらいのテキストを打ったからタイピングの速度がどんどん上がってゆく。脳みそがぷりぷりに回転している。この勢いで小説のゲラを直して眠る。

3月23日

「だってれいんさんいつも3月が鬼門じゃないですか、去年わたしが花を渡したのも3月ですよ」と言って、あゆさんはまた花束をくれた。げんき出た、と御礼のLINEをするとお子さんふたりが廊下に手と足を突っ張って壁を登っている写真が送られてきた。小学生ってどうして細い廊下があると壁をよじ登ろうとするんだろう。

*

帰省しているモリユと居酒屋へ。ばくらいはホヤとこのわたの塩からです、と言うと、酔っぱらってごきげんなモリュは「ほやってなんでしたっけ、こんな、こんな……？」とかめはめ波のポーズをして「な、なんか技出ちゃった〜」と頭を抱えたので爆笑した。

3月24日

数年ぶりのボーリング。わたしはなぜか1ゲーム目の序盤からストライクが頻発した。「いいなあ！」と言われてはじめてモリュが大の負けず嫌いだということを思い出してひやひやしたが、2ゲーム目では夫がすこぶる調子を落としてビリになったので（セーフ！）と思った。1ゲーム目は人生いちのハイスコアとなった。151。これからはボウリングを趣味にしようかしら、などと調子に乗った。

3月25日

筋肉痛でおしりが痛い。調子に乗った罰だ、と思う。

3月25日夜

「うっとりって便利な言葉ですね」

3月26日

盛岡からいなくなる人を見送ることができた。岩山の展望台には日の出からやってくる喫茶店があって、日の出の時間にそこへ行って、ピアノを弾かせて貰うのが夢だったのに行けなかった、と悔しそうだったので「また来ればいいじゃないですか」と言った。見送るとき、これはさようならではいけないような気がして「いってらっしゃい」と言ったけれど、ちっちゃい声になった。

3月27日

ヒデ子さんから、ヒデ子さんのお孫さんが廊下の壁をよじ登っている写真が送られてきた。本当に、どうして小学生って壁をよじ登るんだろう。

＊

夜七時まで仕事をしたら猛烈に料理がしたくなり、夫がやるよと言ってくれていたのに夫が帰ってくるまでに料理を作り始めてしまった。買い物を終えて帰宅した夫は「れいちゃんが、厨《くりや》に、立ってる〜！　もう、サラダ、できてる〜！」とへなへな座り込んだ。ごめんごめん。夫はポークライスを食べながら「おいしすぎる、泣きそ」と言って本当に泣きそうな目をした。そんなにうまいか。よかったねえ。

3月28日

「マシュマロが好きなんですよ」「マシュマロって好きで食べてる人いるんだ」「ひどい！」

3月29日

とても緊張し、気合いの入る打合せだったので「ポッポー！」と走る機関車のことを何度か想像した。

3月30日

とりかえしのつくペンがほしい。ローソンの中の無印良品で2Bの鉛筆と鉛筆削りを買った。大きな窓のある部屋のソファで歌集をゆっくり読んで、途中ちょっと眠くなって寝て、起きてまた読み進めた。仕事なのにとても休日のようだった。

3月31日

ぼんやりと頭痛と寒気。面倒な書類を夫に手伝ってもらって完成させ、昼には納豆パスタを作ってもらって食べ、3キロ走り、シャワーを浴びて買い物へ行った。平日だって毎日いろんなことをやり遂げているはずなのに、休日のほうが「やってやったぞ！」感がある。夜はお土産で貰った横手焼きそばを食べた。わたしはたまにこのくらい完璧な目玉焼きを作ることが出来る。

日記の本番　3月

土曜日、鉛筆を買った。歌集の評を本当に久々に書くことになり、そうなるとどうしても鉛筆がないといけなかった。長いこと我が家には「取り返しのつかないペン」しかなかったが、ここにきてあっさりと鉛筆が加わった。作業をするためのフリースペースへ向かう途中に鉛筆を買うべきだと思ったものだから、ローソンに寄り、その中の無印コーナーで買った。鉛筆は2Bと4Bを選べて、それぞれ二本セットだった。随分濃いものばかりだな、と思いながら2Bを手に取り、レジに並ぶ直前に鉛筆削りがないとすぐに使うことが出来ないと気が付いて慌てて戻り、鉛筆削りと、ついでにローソン限定の口紅も手に取って会計をしてしまう。恥ずかしさをかき消すように小さい口紅を買ってしまい余計に恥ずかしい。

フリースペースに着くと早速梱包を解いて鉛筆削りに鉛筆を入れた。回すと、しょわ、と言う。しょわしょわしょわしょわ。回すほど削れる鉛筆。鉛筆削りは透明なプラスチックで出来ているので、びろーんと広がったまま伸びてゆく削りかすがよく見える。しょわしょわしょわ。回しながら、わたしはいま何年ぶりに鉛筆を削っているだろうと思う。昔、わたしは鉛筆のおしりのところをがしがし噛む癖があって、でもあまりそのことはばれてはいけないと思っていたから、噛む鉛筆は一本に決めていた。鉛筆を犬歯で噛んだ時の、カリ、が、サク、になる瞬間、歯の先が塗装から木の層に入ったあの瞬間のことを、思い返しているうちに手が止まった。取り出してみるとちょうど見事に鉛筆の芯が尖っていた。こんなに久々にやっても尖った頃合いはわかるものだ。

久々に使う鉛筆はとても軽く、とても木の匂いがした。（あまりにもえんぴつえんぴつしい）と思い、（そんな言葉はないけれど）と思う。ソファ席に移動して歌集を開き、良いと思う歌にひとつひとつ丸を付けて、またページを捲る。大きな窓から陽が射しこんできて暖かい。春だ。「春だ」「夏だ」「秋だ」「冬だ」とわたしはどの季節の変わり目だってうるさくはしゃいでしまうが、いちばんは「春だ」とたくさん言っている気がする。春だ。眠いな。

ソファが沈んだ気がして目が覚めて、寝ていたことに気が付く。目を開くと友人がソファの反対側にぐったりと横たわっていてぎょっとした。「二日酔いが酷くてここで寝ようとしたらあなたがいたもんで」と、けだるそうにOS－1を飲んでいる。自宅で仕事をするようになってから鉢合わせることも減っていた。相当辛そうな顔だ。

「顔が見たことない色してますよ」

「白いでしょう」

「白っていうかもう、銀色です」

っはは　あ。友人は辛そうに笑って、「寝てたら邪魔ですか」と言うので「むしろ」と言いかけて「ぜんぜん平気です」と答えた。むしろ、顔が銀色の人間が辛そうに寝ている横で歌集を読む仕事をするというのは妙に富豪のようでいいかんじだと思った。


小一時間、友人は眠り、わたしは歌集を黙々と読んだ。丸を付けながら（おいおい、こんなに丸を付けていいちゃきりがないだろう）とも思ったが、構わず丸を付けまくった。これはもう取り返しのつくペンなのだ。わたしはいくらでも丸を付けていい。

窓からは盛岡城跡が見えて、桜まつりのぼんぼりが立っていた。桜なんて岩手じゃまだまだ咲きそうにないのに、と、思っているうちに咲くのが桜か。わたしは天邪鬼だから、桜ばかりが儚いものに喩えられるのがいつもどことなく悔しい。たしかに桜は一年に一度だけれど、紫陽花だって立葵《たちおあい》だって露草だって、わたしたちの世界に咲く花は全部一年に一度なのに、桜ばっかりずるいと思う。吹奏楽部が応援しに行けるのは野球部だけでそれがいやだったから、高校では吹奏楽をやめて文芸部に入った。それでいま、その頃と全く同じ気持ちのまま書き続けて、日記だけは途切れながらこうして続いている。桜ばっかりずるい。わたしはそういう気持ちでしか日記を書いたことがないような気がしてくる。

日記のあとがき

連載が終わると日記はすっかり途絶えた。結局のところ「仕事で書く日記」だったからだと思う。同時に、この連載がはじまるまで書いていた「自分のためだけの日記」もすっかり止まってしまって、これにはちょっと参った。仕事じゃないから続かないのか、読んでもらえないから続かないのか。仕事じゃないなら日記を書かなくていいと思ってしまったのか。昔から日記が途切れる度にすこしへこむけれど、それは書いている暇もないくらい毎日が充実している証拠でもあり、むずかしい。書くからには読まれたいという気持ちは健全だと思う。それと同時に、誰にも読まれなくてもいいから書きたいと思うことがやっぱり本物なのかもしれないなあ、とも思う。書くことは書かないことで、それならば日記において何が書かれるべきなのだろう。十一月くらいから書籍になることが具体的になってきて、そこから「本っぽい日記」になった。「本当の日記」ってなんなのだろうと思う。そんなのどこにもないのにね。さあ、いっしょに日記をはじめましょう、とまえがきに書いたけれど、四月のわたしは、日常を書く人が増えて、この暮らしを「ネタ」と言われるのがいやなこのきもちを理解してくれる人も増えてほしいと思っていた。

小さい頃、縄跳びが好きだった。青くて透明な紐の縄跳びを買って貰って庭でやっていた。クラスメイトには「はやぶさ」が出来る子も二重跳びを何度もできる子もいて、その子たちに勝つことはできなかった。けれど、この縄跳び自体を好きなのはわたしがいちばんだろうと静かにほくほく思っていた。得意ではなくて、好き。グミのように鈍い弾力のあるその青い紐をいつも人差し指と親指で押していた。その、好きだった縄跳びもあっさり捨ててしまったけれど、一年の日記を読み返しながら思い出したのは、その青色の縄跳びのことだった。跳んでも、跳ばなくなっても、わたしはたしかにあのぐにぐにする縄跳びのことが好きだった。

いつもあとがきで喋りすぎてしまう。作品内で表現したい「言いたいこと」があまりにもあとがきに示されてしまうから、ここ数年の本は無理して数行にしていた。毎回あれこれ書くのだけれど、読み返してごっそり消して、最後の数行だけにしていたのだ。

いま、こうしてやっぱり長くなるあとがきを書きながら思ったのは、わたしの日記は、もしかするとその日一日の「あとがき」だったのかもしれない、ということだ。あとがきがなくていい日も、短いほうがかっこいい日も、長くないとどうしようもない日もある。

わたしの日常に現れるすべての人へ感謝を込めて

二〇二四年七月二十八日　くどうれいん

本書はウェブマガジン「NHK出版 本がひらく」に連載された「日記の練習」（2023年4月～2024年4月）を再編集したものです。「日記のあとがき」は書き下ろしです。

くどうれいん

作家。1994年生まれ。岩手県盛岡市在住。著書にエッセイ集『わたしを空腹にしないほうがいい』『うたうおばけ』『虎のたましい人魚の涙』『桃を煮るひと』『コーヒーにミルクを入れるような愛』、歌集『水中で口笛』、小説『氷柱の声』、創作童話『プンスカジャム』、絵本『あんまりすてきだったから』などがある。

日記の練習

◎著者＝くどうれいん　©2024 Kudo Rain　◎発行者＝江口貴之
◎発行所＝NHK出版　〒150・0042　東京都渋谷区宇田川町10ノ3　☎0570・009・321（問い合わせ）☎0570・000・321（注文）　https://www.nhk-book.co.jp
◎印刷・製本＝共同印刷

◎ISBN978-4-14-005747-6　C0095

2024年9月20日　第1刷発行
2024年12月20日　第5刷発行